KB156242

죽는 날까지 이 걸음으로

죽는 날까지 이 걸음으로
-김동길 박사 명문장·명강의 모음-

2022년 10월 7일 초판인쇄
2022년 10월 12일 초판발행

저자 : 김동길
펴낸이 : 신동설
펴낸곳 : 도서출판 청미디어

신고번호 : 제2020-000017호
신고연월일 : 2001년 8월 1일
주소 : 경기 하남시 조정대로 150, 508호 (덕풍동, 아이테코)
전화 : (031)792-6404, 6605
팩스 : (031)790-0775
E-mail : sds1557@hanmail.net

편집 고명석
디자인 정인숙
표지 여혜영
지원 박흥배
마케팅 박경인

※ 잘못된 책은 교환해 드리겠습니다.
※ 본 도서를 이용한 드라마, 영화, E-Book 등 상업에 관련된 행위는
   출판사의 허락을 받으시기 바랍니다.

정가 : 15,000원
ISBN : 979-11-87861-58-4 (03800)

죽는 날까지 이 걸음으로

−김동길 박사 명문장·명강의 모음−

김동길 지음

영원한 스승, 김동길 박사님의 책을 내며

박사님은 94년 전인 1928년 나라 잃은 피압박 민족으로 이 땅에 태어나셨습니다.

10대 나이에 나라를 되찾은 8·15광복 후 자유를 찾아 남하하셨습니다. 그리고 6·25전쟁, 4·19, 5·16 등 걷잡을 수 없는 역사의 소용돌이 속에서 힘 있는 자를 비판하고, 힘없는 자를 위로하고, 어두운 자를 가르치고, 권력을 휘두르는 자에게 호통을 치는 자유와 양심의 푯대와 같이 올곧은 생을 살아온 민족의 지도자요, 민중의 나침반 역할을 한 우리의 영원한 스승이고, 지도자이십니다.

박사님께서는 글과 말로 수많은 민중을 울게 하고 웃게 하셨습니다. 박사님이 살아온 한평생은 박사님이 존경하는 함석헌 선생의 가르침대로 죽는 날까지 오직 한 걸음으로 살아오면서 주옥같은 수많은 저서를 세상에 내놓으셨습니다.

저와의 인연 역시 박사님의 저서인 'MB 이게 뭡니까'를 출판한 데부터 시작이었죠. 제가 박사님의 소중한 원고를 최선을 다해 책으로 세상에 내놓았을 때 아마도 저의 노력의 흔적을 보셨던 것 같았습니다. 그 후 저를 사랑하시고 박사님 저서 외에 타 서적도 출판을 부탁하곤 하셨습니다.

박사님 영전에 올리는 이 책은 그동안 박사님이 평소에 말씀했던 자유, 위인, 지성, 민주주의, 사랑과 양심에 관한 강의와 그중에서 모은 것입니다. 그리고 끝말에는 〈아! 이젠 고향에 가고 싶다〉고 인간적 소회를 여과 없이 했던 말씀을 담아 독자들과 공감대를 형성하는 것으로 끝을 맺었습니다. 이 한 권의 책은 역사를 두고 어느 시대에서 누구에게나 시간과 공간을 초월하여 영원한 마음의 양식이 될 내용이기에 박사님의 뜻을 받들어 한 권의 책으로 내놓은 것입니다.

끝으로 유언과도 같은 박사님의 글을 담아 삼가 영전에 바칩니다.

세월의 흐름이 이다지도 빠르더냐?

그때 20을 향하던 젊음이 이제 미수를 넘어

백수를 바라보게 되었으니!

8·15의 감격, 그 후의 혼란,

6·25, 4·19, 5·16 등 걷잡을 수 없는 역사의 소용돌이 속에서

일일이 흥분하다보니 공연히 나이만 먹었네.

생의 슬픔과 기쁨을 함께 할 아내도 없고

노후를 의탁할 자녀도 갖지 못했구려.

저 하늘같이 구름 한 조각처럼 나는 왔다가 가는 것 뿐이라네.

2022년 10월

도서출판 청미디어 발행인 신 동 설

아기가 어머니 뱃속에 열 달은 있어야 사람이 된다고 하는데 8개월 만에 강제로 끄집어내면 사람 구실하기가 어렵게 됩니다. 누에고치 속의 누에가 나비가 되어 그 고치를 뚫고 나오려면 일정한 시간이 필요한 것이죠. 때를 기다려야 한다. 이 말입니다.

너무 서두르지 마세요. 강제가 역사의 순방향이 아닙니다.

PART 1.

자유 아니면
죽음을

자유는 아름다워라

자유에 대해서 매우 무관심한 자들이 "평등을 추구하노라"
떠드는 것을 나는 경계한다.
그들의 진실성을 나는 의심한다.
다시 노예가 되지 않기 위해서라도 우리는 싸워야 한다.
이 세상에서 가장 아름다운 것은 자유이니까…

오늘날 우리가 흔하게 쓰는 자유라는 말은 결코 동양의 고
전에서 나온 말이 아니고 서양 사람들에게서 비롯된 것 같습
니다. 기원 8세기 중국 당나라에 두보杜甫라는 유명한 시인이
있었는데 그가 쓴 시의 한 구절에 이런 것이 있습니다.

送客逢春可自由　송객봉춘가자유
손님을 보내고 봄을 맞으니 가히 자유로워라

그러나 이 시구에 나타난 '자유'라는 표현은 현대의 철학
과 법률에서 말하는 '자유'와는 거리가 먼 것 같습니다. '그저
마음대로인 상태', '아무런 장애도 받지 않는 분방한 활동'.

그런 관념만 가지고는 현대인들이 추구하는 자유를 논하기는 어렵다 하겠습니다.

엄부嚴復라는 이가 존 스튜어트 밀John Stuart Mill 1806~1873 영국의 사회학자, 철학자, 정치경제학자의 『자유론』을 번역하고 그 제목을 『권계론權界論』이라고 붙인 것을 보아도 자유의 개념이 중국적 전통에서는 매우 희박했던 사실을 쉽게 짐작할 수 있게 됩니다.

자유라는 주제를 생각하면서 먼저 머리에 떠올리는 말은 18세기 프랑스의 풍운아 장자크 루소Jean Jacques Rousseau 스위스 출생 프랑스 교육학자, 소설가, 작곡가, 철학자가 말한 '모든 행복 가운데, 제일은 권력이 아니라 자유다'라는 한 마디인데 나는 이 말을 곰곰이 생각하면서 과거에 내가 역경에 처했었을 때, 나 스스로를 위로를 받았을 뿐 아니라 그 말에서 무척 많은 용기를 얻곤 했었습니다.

프랑스 대혁명 당시 '자유, 평등, 사랑'을 3대 모토로 내걸었고 그 중 '자유'를 맨 앞에 세웠는데 왜 그랬는가? 하는 그 뜻도 이해할 수 있습니다. 프랑스의 구舊제도 하에서 특권계급으로 자처하는 귀족과 승려들이 영양실조로 피골이 상접한 무산대중을 타고 누르는 그 상황에서 우선 쟁취해야 할 첫 고지는 시민의 자유였기 때문입니다. 하나님은 태초에 인간을 평등하게 창조하셨는데, 소수의 인간들이 평등을 깨뜨리고 다수의 자유를 억누르는 부당한 상황이 반복되어 왔던 것입니다. 그러니까 이런 역사는 시정되어야만 마땅하다는 것은 더 말할 나위도 없습니다.

"하나님이 지으신 꽃동산에 울타리를 두르면서 '여기서 여기까지는 내 땅이다'고 처음 소리 지른 그놈 때문에 세상이 이렇게 살기 힘들게 되었다"고 넋두리처럼 푸념한 사상가도 있었습니다. 불평등과 부자유는 어쩌면 야누스Janus, 로마신화에 나오는 시작과 변화의 상징. 두얼굴의 두 얼굴이라고 할 수 있겠습니다.

아메리카의 독립선언은 사실상 프랑스의 계몽주의와 영국의 합리주의에 그 사상적 근거를 둔 것이었지만 시대적으로는 프랑스 혁명보다 먼저 있은 것이므로 프랑스 국민에게 커다란 충격을 주었을 것입니다. '생명, 자유, 그리고 행복의 추구' 이 세 가지가 각기 떨어져 있는 개별적 가치라기보다는 '자유'라는 한 단어로 집약될 수 있다고 나는 믿습니다. 자유 없이 목숨이 있어봤자 무엇으로, 어떻게?, 행복을 추구할 수 있을 것입니까? 데카르트Descartes 1596~1650, 프랑스물리학자, 근대철학의 아버지, 해석기하학의 창시자로부터 사르트르1905~1980에 이르는 근세 철학에서 '존재의 유일한 기초는 자유'라고 단정하는 것도 결코 무리가 아닙니다. 자유가 없으면 결국 아무것도 없는 것 아니겠습니까?

"일에는 순서가 있고, 순서가 뒤바뀌면 될 일도 안 된다"는 실증을 건물이나 시설이 붕괴되는 위험한 모습에서 많이 보아 왔습니다. 즉, 기초 없이 모래 위에 아무리 견고한 집을 지어봤자 그 집은 조만간 무너질 것이고, 그 집 안팎에 있던 사람들이 다칠 것은 뻔한 노릇 아니겠습니까?

"먼저 있어야 할 것이 먼저 있어야 한다" 그 말입니다. 강제로라도 평등을 먼저 실현해야겠다고 떠든다면 그 사람은 일의 순서를 잘 모르는 사람입니다. 자유를 통해서만 모든 사람이 평등을 누릴 수 있는 진리에 이르는 것이 마땅한데, 그것이 바로 인간의 오랜 꿈이기도 한 것입니다.

자유에 대해서 매우 무관심한 자들이 "평등을 추구하노라" 떠드는 것을 나는 경계합니다. 그들의 진실성을 나는 의심합니다. 특권계급을 무너뜨리는 것은 언제나 찬성이지만, 무너뜨리고 나서 무너진 계급의 옷을 벗겨서 자기가 입고 다시 그 자리에 올라앉을 속셈이라고 한다면 민중의 입장에서 볼 때 그것은 진정한 혁명이라고 말하기 어렵습니다.

인류의 역사에는 반드시 혁명이 있어야 하지만, 혁명이라는 미명 아래 제 욕심이나 채우는 그런 파렴치한 악한들이야말로 장차 나타날 민중의 시대에는 용납 되지 않으리라고 믿습니다. '민족!, 민족!'하고 열을 올리는 친구들의 동기가 반드시 순수하다고만 나는 보지 않습니다. 제2차 세계대전이 끝나고 나서 민족을 부르짖던 아시아와 아프리카의 지도자들 가운데 독재자가 되지 않은 사람이 과연 몇이나 되겠습니까?

십중팔구는 민족의 이름으로 민족을 탄압하고, 번영의 울타리 밖에서 거지를 양성하고 있지 않습니까? 한 정권의 안보와 국가의 안보를 하나로 묶는 데 성공하기만 하면 지도자는 무슨 일이나 마음대로 할 수가 있습니다. 그렇게 되면 국민적 자유는 짓밟힐 수밖에 없는 것입니다. 다시 노예가 되지 않기 위해서라도 우리는 싸워야 합니다. 이 세상에서 가장 아름다운 것은 자유이기 때문입니다.

죽는 날까지 이 걸음으로

언론인들 이게 뭡니까

지성인이 잠잠하다면 누가 우리 대중에게 갈 길을 밝혀
보여 줄 수 있단 말인가!
비위에 거슬리는 싫은 소리를 들어가며
때로는 얻어맞고 발길로 차이면서도 할 말은 하고
써야 할 글은 쓰는 사람이 절대로 필요하다.

글을 곧잘 쓰던 친구인데 붓을 꺾은 지 이미 오래라고 했
습니다. "왜 붓을 꺾어버렸냐"니까 모 기관에서 하도 귀찮게
굴어서 글을 아예 쓰지 않는 것이 편하다고 하더군요. 덜 되
먹은 소리를 하는 겁니다. 그렇게 겁이 많으니까 모 기관에
서 그렇게 귀찮게 구는 것이지, 책임질 만한 글을 쓰고 그 결
과를 두려워하지 않는 떳떳한 마음으로 버티고 선다면 누가
감히 뭐라고 못 할 겁니다.

'하룻강아지 범 무서운 줄 모른다.' 할 테지만, 아무리 하룻강
아지라도 그 실력으로 할 수 있는 일을 다 하고 범에게 먹혀 죽
었다고 칩시다. 그래도 유감은 없지 않겠습니까. 어차피 개의
신세를 면치 못할 것이라면 놀아먹고 빌어먹은 늙은 개가 되어

그 무서운 호랑이 앞에 웅크리고 앉아 여생을 보내는 것보다는 기운이 팔팔할 때 뛰기도 하고 물기도 하다가 범에게 잡혀 죽으면, 그 또한 영광이라 할 수 있을 것이다. 그 말입니다.

그러나 말은 바른대로 합시다.

누가 호랑이고 누가 강아지인가? 민중이 호랑이지 어째서 위정자가 호랑이인가 말입니다. 위정자가 강아지지 어째서 민중이 강아지란 말입니까? 민주공화국이란 무슨 뜻이며 '대한민국의 주권은 국민에게 있고 모든 권력은 국민으로부터 나온다'는 우리 헌법 1조 1항은 어떤 의미를 지니고 있는나? 정말 호랑이는 국민이라는 말로 새겨도 좋다는 뜻이 아니겠습니까?

프랑스 계몽주의 시대를 대표하는 볼테르Voltaire 1634~1778 프랑스 계몽주의 작가는 다음과 같은 무서운 말을 했습니다. "나는 당신이 하는 말에 한마디도 동의할 수는 없으나 당신이 그 말을 할 수 있는 권리를 옹호하기 위해서는 내 목숨이라도 바치겠다." 이것이 언론의 자유를 수호하려는 서양 지성인의 태도인 것입니다.

요즈음 시대에는 가짜 뉴스니 여론조작이니 하며 진실된 언론을 뒤덮으려는 사람들이 많습니다. 칼만 안 들었지 위장

된 언론이 진짜 언론을 무참하게 짓밟고 있는 언론의 자유를 남용하고 있는 못된 현상들이죠.

우리나라 지성인들은 어떻습니까? 말할 수 있는 권리를 지켜내기 위하여 목숨이라도 버리겠다는 각오는커녕 헌법에서 보장된 자기의 권리를 지키겠다는 사람이 얼마나 되겠습니까? 옛날에는 정부의 이러이러한 처사에 반대하는 사람을 불러다 놓고 "그 반대하는 사람들이 누구요? 이름을 대시오" 하고 윽박지르면 "항간에 떠도는 말인데 내가 어떻게 그 사람들 이름을 댈 수야 있습니까?" 했는데 지금은 계좌 추적이다 출국금지다 하면서 돈과 행동의 제한을 두면서 피를 말리는 핍박을 가하고 있습니다.

어느 사람이 말하기를 그렇게 몇 번 시달리고 나면 다시는 글을 쓰고 싶은 마음이 없어졌다고 하였습니다. 그것이 틀린 생각입니다. 오라 가라 하는 것이 귀찮은 것은 사실이지만 그렇다고 해서 자기 자신이 옳다고 생각하는 주장을 내세우지 않는다면 이 나라는 영영 자유민주주의로의 방향을 잡지 못하고 망하고 말 것입니다.

그런 중대한 시기에 지성인이 잠잠하다면 누가 우리 대중에게 갈 길을 밝혀 보여 줄 수 있단 말입니까! 비위에 거슬리는 싫은 소리를 들어가면서도 때로는 얻어맞고 발길로 차이면서도 할 말은 하고 써야 할 글은 쓰는 사람이 절대로 필요합니다. 그럴 때 꽁무니를 빼지 않고 당당하게 서서 싸우는 용기가 꼭 있어야 한다. 그 말이죠.

자유의 저력

우리는 자유를 배웠노라!
우리가 지닌 가장 강력한 무기가 자유 아니겠는가?
이 무기를 가져야만 우리는 남북을 통일할 수 있다고 믿는다.

과거 우리 적십자 대표단 일행이 남북의 장벽을 뚫고 평양에 다녀온 사실은 참으로 감격스러웠습니다. 특히 고향이 평양이어서 그 산과 강과 거리에 남달리 큰 애착을 느끼는 사람들에게는 그림으로나마 그 광경 때문에 망향의 애달픔이 한층 더 심하였겠죠. 그런데 남북이 이제부터 문호를 개방하고 피차에 내왕을 시작한다면 입장이 곤란하게 되는 것은 우리가 아니라 북한입니다.

그들은 모든 인민의 모든 자유를 억압하고 오로지 김일성이라는 한 인간을 우상화하여 그를 일제하의 천황폐하처럼 떠받들며 절대복종을 강요하지 않고는 유지될 수 없는 정권이기 때문에 자유의 물결이 여간 두려운 것이 아닙니다.

지금까지 70년간 무슨 백두혈통입네 하며 3대세습을 거쳐 더 악독한 유전자가 되었으니 그들은 우리에게 숨겨야 할 것, 감추어야 할 것이 너무 많아서 전전긍긍하는 딱한 처지에 놓인 것이 분명합니다. 아무리 탄압을 철저하게 한다. 하여도 인간의 본성을 완전히 변질시킬 도리는 없기에 인민들이 자유의 물결을 타고 반항하기 시작하면 권력을 가지고도 그것을 막기는 어려운 것입니다. 우리가 북을 상대함에서 하등 두려워할 것이 없습니다.

　그 이유도 지극히 간단합니다. 우리의 군사력이나 경제력이 그들보다 우수하기 때문이 아니라 우리는 그들이 항상 멀리하고 무서워하는 자유라는 무기를 가졌기 때문입니다.
　과거 그들이 억압을 익히는 동안에 우리는 자유를 배웠습니다. 우리가 지닌 가장 강력한 무기가 자유 아니겠습니까?. 이 무기를 가져야만 우리는 남북을 통일할 수 있다고 믿습니다.

이래선 안 된다

떠들기만 하는 놈은 행동이 없는 것이고,
행동하는 자는 말이 필요 없는 법.
몸으로 행동을 하지 않으려니까 입만 살아서 떠들기만 하는 것인데
그걸 왜 무서워하는가?

자기 자신이 하고 싶어도 하지 못하는 말을 듣고 싶어 하는 게 사람입니다. 말만은 자유롭게 할 수 있어야 사람이 사람으로서의 긍지를 느낄 수 있는 법이므로, 제가 못하면 남이라도 그 말을 해주기 바라는 게 사람입니다. 남이 그 말을 해주기만 하여도 속이 후련해진다고 합니다.

역사적으로 의회가 생기고 의원을 뽑아 그런 자리에 나가게 한 것도 따지고 보면 민중의 그런 욕망을 충족시키기 위해서였습니다. 민중을 대변한다는 말이 그래서 생긴 것이다. 그 말입니다.

'말'을 무서워해서는 안 되는데! 어쩌다 우리 사회는 '말'에 대한 공포증에 사로잡히고 말았는지 모르겠습니다. 권력의

입장에서는 말이 많은 것이 불쾌하게 느껴질지 모르지만, 말이 많을 때는 사실 걱정이 없는 겁니다. 와글와글하는 데 가서 과연 무슨 이야기가 오고 가는지 잘 들어만 두면 질서유지에도 커다란 도움이 됩니다.

떠들기만 하는 놈은 행동이 없는 것이고, 행동하는 자는 말이 필요 없는 법이죠. 몸으로 행동을 하지 않으려니까 입만 살아서 떠들기만 하는 것인데 그걸 왜 무서워하겠는가? 말입니다. 정말 무서운 놈은 말 한마디 않고 돌아앉아 칼만 갈고 있는 법인데, 그게 정말 무서운 놈입니다. 앞에 두 손을 모아 쥐고 약간 고개를 숙이면서, '지당하십니다', '훌륭하십니다' 하면서 90도로 경례를 하는 인간이 사실은 무서운 인간입니다.

그런 자의 속에 무엇이 도사리고 있는지 누가 알겠습니까?. 한신-韓信 기원전 196년 한나라 대장군-이 젊어서 소 잡는 놈의 다리 밑으로 기어들어 가는 굴욕도 참았다는데, 목적이 뚜렷하다면야 무슨 짓인들 못 하겠습니까?

떠들고 싶어 하는 놈을 떠들도록 내버려 두는 아량이 있어야 합니다.

자유 때문에

잃기는 쉽고 찾기는 어려운 그 자유 때문에
오늘도 나는 살아서 내 길을 가고 있는 중이다.
자유가 삶의 최대의 가치이므로
'자유 아니면 죽음을' 하는 말에 충분한 타당성이 있다.

사람이 이 세상에 살면서 찾는 것 중에 가장 소중한 것이 자유라고 나는 믿습니다. 집에서 기르는 개에게는 자유가 일체 문제가 되지 않죠. 개의 입장에서는 주인이나 바로 만난다면 잘 먹고 잘 놀다가 늙어서 죽으면 그만이기 때문입니다.

주인이 앉으라면 앉고 서라면 서고 주면 먹고 안 주면 굶고, 낯선 사람이 지나갈 때 멍멍하고 짖기만 하면 되는 겁니다. 동물원에 갇혀서 사는 사자나 호랑이의 신세도 마찬가지입니다. 그 동물들이 아무리 호강을 한다 해도 나 자신이 그렇게 갇혀 살기를 바랄 사람은 아무도 없습니다. 자유가 없으면 인간의 생존에는 이렇다 할 의미가 없기 때문입니다.

미국의 형무소는 환경이나 시설, 급식이나 처우만 가지고 따진다면 우리나라 중류 정도의 생활은 된다고 생각합니다. 침대에서 자고 수세식 변소에서 세수도 하고 샤워를 하고 실내 온도도 잘 조절되어 있어서 더위에 지치거나 추위에 동상을 입을 염려가 없습니다.

그뿐 아니라 자격증 있는 영양사가 있어, 매 끼니 식사의 열량과 단백질을 계산하여 죄수가 영양실조에 걸리지 않도록 잘 보살펴 주고 정기적으로 의사의 건강진단이 시행되므로 웬만한 병은 교도소에서 고쳐서 나갈 수도 있다는 결론입니다.

그러나 감옥에 눌러앉고 싶어 하는 사람은 동서를 막론하고 세계 어디에서도 찾아볼 수 없습니다. 왜 그럴까? 형무소에는 없는 것이 꼭 하나가 있습니다. 갇힌 사람들이 죄다 하루나 한 시간일지라도 더 빨리 거기서 빠져나가고 싶어 하는 까닭은 그곳에 자유가 없기 때문입니다. 자유가 없으면 결국 아무것도 없는 것입니다.

'인간의 최대의 행복은 권력이 아니라 자유'라고 외친 이는 프랑스의 사상가 루소였습니다. 세상의 권력은 질서를 유지하는 명목으로 뭇사람의 자유를 짓밟는 일에 줄곧 악용됐던 것이죠. 결국은 권력을 휘두르는 사람이나 그 밑에 시달리는 사람이 한 결 같이 행복을 상실하고 불행에 불행을 더하여 온 것이 인간의 역사라면 역사입니다. '모든 존재의 유일한 바탕이 자유'인데 자유 없는 행복은 상상도 못 할 일 아니겠습니까?

그런데, 자유를 지키고 누리는 일이 권력을 지키고 누리는 일보다 곱절은 더 힘들다는 사실을 명심해야 합니다. 자유란 자기를 억제함 없이는 지킬 수도 누릴 수도 없는 인간만의 특권입니다. 남에게 자유를 빼앗기고 남의 지배를 받지 않으려면 사람은 자기가 자기를 지배할 수 있어야 합니다.

"나는 남의 지배를 받지 않기 위해 스스로 자신을 다스린다. 그것밖에는 길이 없다" '최대한의 자율Maximum self-control ─ 최소한의 타율Minimum control by others' 이것이 나의 생활철학인 것입니다.

잃기는 쉽고 찾기는 어려운 그 자유 때문에 오늘도 나는 살아서 내 길을 가고 있는 중입니다. 자유가 삶의 최대의 가치이므로 '자유 아니면 죽음을' 하는 말에도 충분한 타당성이 있다고 믿는 것입니다.

용감한 국민이라야 산다

우리나라 지성인은 언제부터인지 입을 꼭 다물고 말을 하지 않는다.
말을 못 하는 것이 아니라 안 하는 것이다.
되지 않은 소리! 그렇게 옹졸하고 비겁하니까
말을 점점 더 못하게 되는 답답한 세상으로 화하고 있지 않은가?

우리 헌법 제18조 1항은 '모든 국민은 언론 출판의 자유와 집회 결사의 자유를 가진다'고 하였고, 제2항은 '언론 출판에 대한 허가나 검열과 집회 결사에 대한 허가는 인정되지 아니한다'고 명시하고 있으므로 이른바 사상발표의 자유에 대한 허가와 검열제도가 우리 대한민국에서는 법으로써 금지되어 있습니다.

휴전선 이남에 거주하며 주민등록증을 가진 사람은 누구나 하고 싶은 말을 하고 쓰고 싶은 글을 쓸 수 있는 권리가 보장되어 있다는 것입니다. 얼마나 훌륭한가! 지식이 있는 사람이건 없는 사람이건 우선 이 사실을 알아야 합니다.

우리가 세금을 바쳐서 그 돈을 가지고 살림을 꾸려나가는 우리 정부는 우리에게 언론의 자유를 보장한다는 약속 아래 이뤄진 것이므로 그 약속을 어기거나 무시할 수는 없는 것입니다.

모든 자유에는 책임이 따르는 법인데 언론의 자유라고 해서 예외가 될 수는 없습니다. 무슨 말이나 할 수 있고 무슨 글이나 쓸 수 있는 권리가 있다고 해서 없는 말을 지어서 하거나 사실 아닌 것으로 글을 만들어서는 안 됩니다.

18세기 영국의 가장 유명하던 법학자 블랙스톤은 '언론 출판의 자유는 사전검열을 받지 않고 자기의 심중에 있는 것을 자유로이 발표할 수 있는 자유이고 자기가 발표한 언론 출판이 법에 저촉되었을 때 그 법의 제재로부터 면제를 받는 자유를 말하는 것은 아니라'고 하였습니다. 풀이하면, 책임질 만한 말을 하고 책임질 만한 글을 쓰라는 것이지만 반면에 법에 저촉되지 않는 말을 하고 글을 쓰는데 과감해야 한다는 적극적인 의미도 내포되어 있습니다. 그 점이 참으로 흥미롭습니다. "우선 언론의 자유를 누려야 한다. 법에 저촉되거나 안 되거나를 개의치 말고 꼭 해야 할 말을 하고, 꼭 써야 할 글을 써야 한다. 법이라고 다 좋은 것만은 아니고 소위 악법이라는 것도 있으니까 설혹 악법에는 저촉되는 한이 있더라도 말이나 글로 옳은 것을 밝혀야 할 책임이 우리에게 있다"
이 말입니다.

우리나라 지성인의 9할은 제 목소리를 내지 못하고 삽니
다. 언제부터인지 입을 꼭 다물고 말을 하지 않습니다. 어떤
이는 잘못하면 계좌 추적이나 조사가 이루어져 큰 시련을 겪
어야 하기에 말을 못 하는 것이 아니라 안 하는 것이라고 합
니다.

되지 않은 소리!
그렇게 옹졸하고 비겁하니까 정보정치가 판을 치고, 말을
점점 더 못하게 되는 답답한 세상으로 화하고 있지 않은가?

보람 있게 죽어 보세

사람은 어차피 한번은 죽는 것이 아닌가.
이왕 죽어야 한다면 한 번 보람있게 죽는 것이 옳지 않을까?
이 땅의 언론자유를 위해
바칠 목숨이 하나뿐인 것을 유감으로 여기자.

나는 대한민국 국민의 한 사람으로 언론의 자유를 백 퍼센트 누릴 권리가 있고 또 그렇게 누리고 있다고 자부합니다.

내가 쓴 글을 신문들이 실어주지 않는 것은 각기 그 신문사의 사정이지 내가 거기 대하여서까지 책임을 질 수는 없는 것이죠. 적어도 나는 한 시민으로 내가 끝까지 목숨을 걸고라도 해야겠다고 믿은 말을 거침없이 하였고 아직까지는 그 말 때문에 못 살게 되지는 않았습니다. 앞으로도 해야 할 말은 하겠다고 결심하고 있는데 어째서 그렇게까지 언론의 자유에 대해서 심각하게 생각하는가 하면 언론의 자유 없이는 민주주의를 이 땅에 심어볼 도리가 없기 때문입니다.

"사람은 어차피 한번은 죽는 것이 아닌가. 사고로 죽건, 병으로 죽건, 늙어서 죽건, 좌우간 사람은 다 가게 마련이다. 이왕 죽어야 한다면 한번 보람있게 죽는 것이 옳지 않을까?" 말하는 까닭은 이 땅에 언론의 자유를 통한 민주주의의 발전을 이룩하기 위해서 목숨을 내던지는 것도 장하게 죽는 길 가운데 하나라고 느껴지기 때문입니다.

일제 강점기부터 남의 눈치만 보며, 하고 싶은 말도 제대로 못 하고 살아온 기성세대가 해방 후 자유인으로 태어나, 마음껏 자유를 누리는 새 세대를 마음대로 흔들고 누르려는 태도는 언어도단이다. 그 말입니다. 그렇게 되지도 않고 또 돼서도 안 됩니다. 이런 명백한 진리를 국민에게 알리는 일에 무엇을 주저하랴!

미국 독립전쟁 때 예일대학 출신의 젊은 장교 네이선 해일은 영국군에 포로가 되어, 굽히지 않고 식민지의 독립의 타당성을 주장하다 총살되고 말았습니다.

그의 기념비에는 그가 했다는 유명한 말이 이렇게 적혀 있습니다. '나는 내가 내 조국을 위해 버릴 생명이 오직 하나뿐임을 유감으로 여긴다(I regret that I have but one life to lose for my country).'

"이 땅의 언론자유를 위해 바칠 목숨이 하나뿐인 것을 유감으로 여기자. 용감한 백성이라야 한다"고 주장하는 것입니다.

얻은 것과 잃은 것

이 나라의 총화, 이 나라의 방위가 자유를 바탕으로 하지 않고는
불가능한 것임을 알아야 한다.
오늘의 한국경제가 이만한 발전과 번영을 이룩한 것이
억압이나 통제로 되었다고 믿을 사람이 과연 몇 명이나 있을까.

1945년 8월 15일 낮 12시. 일왕이 다 죽어가는 목소리로
"대일본제국은 연합군에게 무조건 항복한다."고 선언한 그
시간부터 한반도에는 빛나는 새 역사가 창조될 것처럼 보였
습니다. 서로 얼싸안고 목 놓아 울던 감격의 그 눈물이 다시
그리워집니다. 아무렴 36년이나 쇠사슬에 묶였던 종의 몸이
풀려나 자유인이 되었는데 기뻐서 울지 않을 사람이 어디 있
겠습니까? 친일파·민족반역자의 마음이야 괴로웠겠지…….

나라를 팔아 그 대가로 벼슬도 하고 돈도 벌어 재미 보던
매국노의 집안에 '아! 해방'이야말로 날벼락이었을 것이죠.
내선일체內鮮一體를 부르짖으며 천황폐하를 위해 목숨을 버리
는 것보다 더 영광스러운 죽음은 없다고 거짓말하며 한국의

죽는 날까지 이 걸음으로

젊은이들을 불의의 싸움터로 몰고 가던 중추원참의中樞院參議, 총독부의 국장, 도道의 시학視學, 산업국장 나부랭이들은 '조선독립'이란 말에 혼비백산했을 것 아니겠습니까?

일본도를 휘두르며 선두에 서서 동남아로 남양군도로, 말 타고 배 타고 깃발 날리던 한국인 일본 군인들은 깜짝 놀랐을 것입니다. 일본을 맹주로 하고 대동아의 공영권共榮圈을 건설하는 것이 그들의 칼끝과 총구에 서린 꿈이며 동시에 아마테라스 오오미가미天照大神로부터 받은 지상명령이었기 때문입니다.

그런 사람들 몇 빼고는 죄다 기쁨을 이기지 못해 동네 골목에서, 종로 네거리에서 덩실덩실 춤추면서 해방을 감격의 눈물로 맞으며 누구나 한국인이면 종이 되어 이 땅을 섬기고 받들고자 하는 마음뿐이었겠죠. 욕심이 문제가 되기 시작한 것은 그 뒤부터 일어났습니다.

남과 북의 단독정부, 6·25, 4·19, 5·16, 6·3사태, 3선개 헌, 위수령, 유신체제, 긴급조치 등 역사의 소용돌이 속에서 우리는 갈리고, 찢기고, 뜯기고, 맞고, 꼬집혀 이제는 스스로 겨레를 섬기는 종이 되겠다는 사람은 하나도 없고 저마다 한 자리하고 재미 보겠다는 생각뿐이니, "우리가 해방으로 얻은 것이 고작 이것이란 말인가!" 개탄의 한숨이 나옵니다.

국토의 통일은 고사하고 국민의 총화조차도 어려운 이 현실을 누구의 책임으로 돌려야 옳단 말입니까?

"불러도 대답 없는 이름이여!" 정치도 없고, 대화도 없고, 여론도 없고, 토론도 없고 눈에 보이는 것은 오직 권력의 독주뿐인 이 현실에서 무슨 말을 어떻게 하리? 젊은 사람들을 가르치던 몸이라 스스로 옳다고 믿는 바를 교단에 서서 가르친 죄로 징역 15년에 자격정지 15년을 먹고, 한창 일할 나이에 집에 죽치고 앉았어야 하는 이 신세를 누구에게 자랑하면서 "나처럼 되어라"라고 할 수 있겠는가? 말입니다.

심각한 문제입니다. 나야 처자도 없으니 이만이라도 하지, 많은 식구를 거느린 가장으로서는 도저히 할 수 없는 노릇이 이 상황에서 바른말 하는 일이라고 믿어집니다. 국가안보나 국민총화가 필요하지 않다고 할 사람이 대한민국 안에 단 한 사람인들 있겠습니까? 그러나 안보나 총화가 말 안 듣는 사람들을 때리기만 해서 되지 않는다는 것은 삼척동자도 다 알고 있습니다.

북쪽이 악착스럽게 공산 독재를 강행하면 할수록 남쪽의 우리는 철저하게 자유민주주의를 실천해야만 우리의 존재는 더욱 뚜렷하고 우리의 승리는 더욱 확실하게 되되지 않겠습니까?

이열치열이라는 말이 있기는 하지만, 열을 가지고 열을 다스리려다가는 사람을 잡을 가능성이 크다고 새로운 의학은 주장하고 있다. 그들을 닮아서 우리가 덕을 볼 일이 무엇입니까? 대한민국은 자유 때문에 존재하는 나라고 자유가 없다면 존재할 필요도 없고 존재할 이유도 없는 거죠, 자유를 지키기 위해 자유를 억압한다는 말은 논리에 있어서나 실제에 있어서나 얼마나 모순된 주장인지? 이 나라의 총화, 이 나라의 방위가 자유를 바탕으로 하지 않고는 불가능한 것임을 알아야 합니다.

오늘의 한국경제가 이만한 발전과 번영을 이룩한 것이 억압이나 통제로 되었다고 믿을 사람이 과연 몇 명이나 있을까요. 경제인·실업인에게 부여된 약간의 자유가 그들로 하여금 그만큼 뛰게 만들었고, 처음에는 말도 안 되는 과오와 실수와 차질을 되풀이하다가 이제야 이만한 기틀을 잡게 된 것은 "우리의 밑천은 자유뿐이다"는 바탕이 깔려있기 때문임을 알아야 합니다.

자유 아니면 죽음을

우리는 자유의 뜻이 무엇인지도 잘 모르고 타고난 사람들 아닌가?
요즘 국민들을 개, 돼지 등에 비유하며 함부로 말하는 사람들이 있으니
매우 한심스러운 일이다.

독립전쟁을 앞둔 미국은 험악한 공기 속에 있었습니다. 그런 상황에서 버지니아의 유력한 지도자 패트릭 헨리는 정부의 부당한 처사에 항거하는 의미로 "자유 아니면 죽음을 달라"고 부르짖었습니다.

그러나 곰곰이 생각해 보면, "자유 아니면 죽음을 달라"고 한 말은 이치에 어긋난 말입니다. 왜냐하면, '자유'라고 하는 특권은 갑이 을에게 줄 수 있는 성질의 것이 아니니까 자신들이 스스로 싸워서 얻을 수밖에 없다는 것임을 알 수 있습니다.

다시 말하면 피를 흘리지 아니하고는 자유를 차지할 수 없다는 것입니다.

자유를 원하는 사람은 많습니다. 그 자유를 얻기 위하여 피를 흘려가며 싸우려는 투지나 결심을 가진 사람은 드뭅니다. 자유인이 되기를 바라지만 자유인이 응당 겪어야 하는 고통은 면하고 싶어 하는 것이 일반 사람들의 심경인 것입니다.

나는 자유의 개념이 그것만은 아니라고 믿습니다. 인간은 정치적·경제적인 자유만을 추구하는 것이 아니라 그것보다 더 차원이 높은 도덕적·윤리적 자유를 갈망하고 있기 때문입니다. 물질세계에서의 자유와 정신세계에서의 자유가 상호 밀접한 관련을 가지는 것은 사실이지만 이 두 개념은 엄연히 구별되어야만 하는 경우가 많기 때문입니다.

정치적 자유라는 것은 한 시간 이내에도 얻어질 수도 있습니다. 형무소에 수감되었던 범인이 지금 당장에 풀려 나오는 일은 가능하다 치지만 그 범인이 내적인 자유에 대한 깊은 이해와 훈련을 갖추지 못하였다면, 형무소에서 풀려나와 자유인이 되었다는 사실은 그리 중요한 것이 못되는 겁이다.

마틴 루터가 『기독자의 자유』에서 말한 것처럼, 모든 사람에 예속되어 있으면서도 아무에게도 예속되지 않은 참된 자유는 있을 수 없다고 믿습니다. 자의에 따라 종이 되었다면 그는 통속적인 의미의 종이라고 말할 수는 없는 겁니다.

　서구사회에서처럼 민주정치의 오랜 역사를 지닌 나라에서는 자유와 평등에 대해서 일반 대중이 어느 정도 뚜렷한 개념을 가지고 있기에 함부로 인권이 유린되는 경우가 적은 것 같습니다. 인격은 자유의 토양에서만 뿌리를 박고 자라납니다. 그 토양 밖에서는 시들게 마련이죠. 그래서 서구사회가 인격 사회라고 말할 수 있는 것은, 그 사회가 도덕적 자유 위에 정치적 자유를 이룩하였다는 뜻이라고 보아야 옳을 것입니다.

　솔직하게 말해서, 우리는 자유의 뜻이 무엇인지도 잘 모르고 타고난 사람들 아닙니까? 그래서 어떻게 가져야 하는지, 어떻게 누려야 하는지, 모르는 터라, 정치적인 자유를 갖는다는 것이 현재로서는 불가능하다는 비관론도 생길 만한 것이 아니겠습니까?

　"진주를 돼지 앞에 던지지 말라"고 가르친 이가, 또한 "진리가 너희를 자유케 하리라"고 말씀하셨죠. 우리는 진주와 같은 자유의 귀중함을 깨닫지 못하는 돼지가 되지 않아야 할 것은 물론이요, 더 나아가 진리와 자유는 한 가지 내용의 두 가지 표현이니만큼 자유를 운운하기에 앞서 먼저 간디의 말처럼 '진리 파악'에 힘써야 합니다.

그러면 정치적으로나 윤리적으로나 자유는 거기에 따르게 마련이기 때문입니다. 이런 의미에서 생각할 때, 자유 아니면 죽음을 달라고 한 말은 흥미가 있는 말입니다.

진리가 없으면 자유가 없고 자유가 없으면 인격이 없기에, 자유가 없으면 그는 이미 죽은 사람이나 다름없지 아니한가? 생각하면서 요즘 국민들을 개, 돼지 등에 비유하며 함부로 말하는 사람들이 있으니 매우 한심스러운 일입니다.

강제로는 안 돼

강제라는 것은 앞으로의 역사의 방향이 아니다.
인류가 오랜 진화 과정에서 언젠가 두 발로 디디고 서는 자세를 취하여
두 손의 자유를 얻어 이 놀라운 문화를 이룩했지만,
그것은 결코 누구의 강제도 아니었다.

'억지가 사촌보다 낫다'는 속담이 있는 것을 보면 무리하게
굴어서 일이 되는 경우도 없지는 않은가 봅니다. 앞당긴다느
니 초과달성 한다느니 하는 말이 다 이성과 논리를 무시하는
입장에서 강제를 두둔하는 억지라고도 생각되죠.

강제가 필요하다고 주장하는 사람들도 있습니다. 그네들
은 멋대로 버려두는 자연 상태는 무질서와 혼란을 면치 못하
는 것이므로 질서를 세우기 위해서라도 권력이나 권위는 반
드시 인정되어야 할 뿐 아니라 강제라는 것도 때에 따라서는
매우 긴요한 필요악이 된다고 우겨댑니다. 그 주장에도 일리
는 있습니다. 만리장성이 진시황의 강제 없이 세워졌을 리가
없고, 이집트 왕들의 무덤이라는 피라미드가 그들의 강제동

원령 없이 만들어지지는 않았을 것이니까요.

　강제가 확실히 효과적인 방법이라는 사실은 의심의 여지가 없는 것이죠. 일본의 군국주의자들은 한국을 강제로 병탄하고 나서 드디어 만주를 먹었으며 마침내 중국 본토로 쳐들어가는 한편 하와이 군도를 거쳐 워싱턴에까지 상륙하여 일장기를 꽂고 만세를 불러 볼 계획을 단단히 세우려 했던 역사를 볼 때 그 과정 하나하나가 강제로 될 수밖에 없었던 것은 사실입니다.

　그러나 그렇게 해서 이룩한 일들이 무슨 유익이 있겠습니까? 만리장성은 오늘날 볼거리는 될 수 있을망정 문자 그대로 무용지물입니다. 그 성을 쌓기 위해 피와 땀과 눈물을 쏟았을 가난한 백성들을 오히려 측은하게 생각하는 마음이 있을 뿐입니다. 피라미드도 마찬가지입니다. 아무리 태양신으로 자처하던 이집트 왕 파라오의 무덤이라 하여도 그것은 너무도 엄청나게 거창하고 웅장하여 이를 둘러보는 나그네는 그 안에 외롭게 누워 있을 말라빠진 미라를 오히려 비웃을 수밖에 없는 것입니다.

　그토록 기세가 당당하던 일본의 군국주의자들은 다 지금 어디 있으며, 그들이 총과 칼과 대포와 주먹으로 만들어 놓았던 대동아공영권은 지금 어떻게 되어 있는가? 바람과 함께 사라져 흔적도 없어졌습니다.

강제라는 것은 앞으로의 역사의 방향이 아닙니다. 인류가 오랜 진화과정에서 언젠가 두 발로 디디고 서는 자세를 취하여 두 손의 자유를 얻어 이 놀라운 문화를 이룩했지만, 그것은 결코 누구의 강제도 아니었습니다. 어린 아기가 두 손을 의지하여 무릎으로 기어 다니다가 어느 순간에 두 발로 일어서면 부모가 너무 좋아 손바닥을 치며 기뻐하는데 그것이 강제로 되는 일이 아님은 재언의 여지가 없습니다.

아기가 어머니 뱃속에 열 달은 있어야 사람이 된다고 하는데 8개월 만에 강제로 끄집어내면 사람 구실하기가 어렵게 됩니다. 누에고치 속의 누에가 나비가 되어 그 고치를 뚫고 나오려면 일정한 시간이 필요한 것이죠. 때를 기다려야 한다. 이 말입니다.

너무 서두르지 마세요.

강제가 역사의 순방향이 아닙니다.아기가 어머니 뱃속에 열 달은 있어야 사람이 된다고 하는데 8개월 만에 강제로 끄집어내면 사람 구실하기가 어렵게 됩니다. 누에고치 속의 누에가 나비가 되어 그 고치를 뚫고 나오려면 일정한 시간이 필요한 것이죠. 때를 기다려야 한다. 이 말입니다.

너무 서두르지 마세요.

강제가 역사의 순방향이 아닙니다.

생명이 영원한 것이라면 죽음은 삶의 그림자에 지나지 않습니다. 새벽을 바라고 새벽을 기다립니다. 동해에 해가 솟아오르고 이제 태백산 줄기를 넘어 분명히 이 땅을 밝혀줄 것을 믿습니다.
설레는 마음으로 부활의 새벽을 또 기다릴 것입니다.

PART 2.

새벽을
기다리며

아! 나의 조국이여, 그대는

내 나팔소리를 듣고 조그마한 용기라도 얻어 이 삶을 더욱 힘차게,
용감하게, 고결하게 살고자 결심하는 젊은이가 하나나 둘이라도 생기면
그것으로 나는 삶의 보람을 느끼리라.
인생이 허망한 꿈이 아니라는 사실을 증명하기 위해서 나는 살고 싶다.
그렇게 살기 위해서 나도 죽어야겠다.
나사렛의 그 소박한 목수의 아들처럼 나도 자유 아니면 죽음을 택할 것이다.

내가 원해서 이 세상에 태어난 것은 아닙니다. 나는 한 남
자와 한 여자의 사랑의 열매입니다. 그 사랑이 어떤 종류의
사랑이었는지를 명백하게 가려낼 수는 없겠지만 내가 성신
으로 잉태된 것도 아니요, 동정녀의 몸에서 난 것도 아닌 사
실만은 확실합니다.

나는 예수가 동정녀의 몸에서 태어났으면 합니다. 그 기록
을 남긴 사람들도 아마 나와 비슷한 심정이었을 것입니다.
사실 예수는 욕정으로 난 사람의 약점을 그토록 훌륭하게 극
복하고 시원하게 살고 갔으니 욕정으로 난 사람이 아니었다
는 주장을 부인할 도리도 없지 않겠습니까.

구약성서 창세기의 기자가 사람이 사는 세상이 어째서 낙원이 아닌가 하는 이유를 참으로 그럴듯하게 설명하여 주었지만, 하나님의 콧김을 쏘이고 생명을 얻었다는 인간이 아직도 이 모양 이 꼴이라는 것은 어불성설입니다. 아메바의 역사는 모르겠으나 적어도 사람의 모양을 가진 동물이 지구상에 나타난 지는 이미 10억 년은 되었으리라고 학자들이 짐작하는 모양인데, 지나간 10억 년 동안 발전하고 진화하였다면서 인류는 어째서 아직도 그 낙원을 회복하지 못하였을 뿐아니라 살기 위하여 피차에 물고 찢는 원시적 상태를 벗어나지 못하고 있는가.

무엇 때문에 자꾸만 낳아서 이 고생을 시키는지 우리는 한번 반성해 볼 필요가 있습니다. 무엇이 그렇게 좋은 세상이라고 시집가고 장가가서 자식을 낳고 살라고 하는지 이해하기 힘들 때가 많습니다. 물려줄 유산이 무엇인데? 먹고 살기가 그렇게 어려워 밥벌이하는 길을 터 주는 것이 고작이라면 삶의 낙이 과연 무어냐 말입니다.

오고 싶어서 온 것은 아닌데도 살고자 하는 동물적 욕망은 타고난 것입니다. 그래서 더욱 괴롭습니다. 나는 가끔 이런 끔찍한 생각을 하곤 합니다. 단추 하나를 눌러서 나를 포함한 모든 사람, 내가 사랑하는 사람이나 미워하는 사람을 막론하고 이 지구상의 모든 인간이 일순간에 연기처럼 흔적도 없이 사라졌으면 하는 것입니다.

나는 삶이 그렇게 즐겁다고만 생각지 않는 사람입니다. 내가 염세주의로 빠지지 않는 것은 오로지 기독교라는 종교를 가졌기 때문입니다. 당뇨병 환자가 매일 아침 인슐린을 맞고 겨우 건강을 유지하듯이 나는 내 종교 때문에 근근이 내 정신의 건강을 유지하고 있습니다. 그래서 기독교는 내 생활의 필수품이 되었습니다.

나라고 삶의 아름답고 즐거운 면을 전혀 모르기야 하겠는가. 돌이 지난 지 몇 달 되지도 않은 조카가 하나 있는데 그놈이 생기기도 잘 생겼고 비틀비틀 걸어 다니면서 하는 짓이 어찌나 귀엽고 사랑스러운지 모르겠습니다. 자다가 일어나 부연 얼굴로 씽긋 웃는 그 순결함은 하늘의 천사를 연상케 하죠.

그러나 다음 순간 왈칵 미안한 생각이 듭니다. 넓은 의미의 이 세상, 좁은 의미의 이 현실을 생각하면 그놈의 앞날이 걱정스럽고 내가 내 책임을 다하지 못한 데 대해서 일종의 죄책감을 느끼게 됩니다. '너희들 때에는 세상이 좀 살기 좋아지겠지.' 이렇게 터무니없는 위로를 되풀이하면서 다 큰 사람들이 자기를 기만할 뿐 아니라 어린 사람들을 속이고 있는 것입니다. 나이 먹은 작자들이 팔짱만 끼고 방관하고 있는데 언제 우리 세상이 살기 좋아진다는 말인가요. 우리 조상들도 그 말을 반복하면서 5천 년을 이 땅에서 짓밟혀 가며 살아왔는데 이 세대도 또 같은 말을 하다니, 결국 살기 좋은 세상은 올 것 같지도 않습니다.

내가 살기 좋은 세상이라고 하는 것이 반드시 부유한 세상을 말하는 것은 아닙니다. 먹고 사는 것도 중요하지만 나는 사람이 사람을 업신여기고 누르고 주먹으로 치고 발로 차는 세상이 사람이 굶어 죽는 세상보다도 더 참혹하다고 믿습니다. 어째서 사람이 귀한 줄을 모르나? 인류의 역사라는 것을 어떻게 풀이하기에 사람이 사람을 마음대로 해도 좋다는 결론에 도달하게 되는 것일까?마는 자유와 평화, 이것이 인류 역사의 방향입니다. 어떤 힘을 가지고도 그 물길을 바꾸지는 못하리라고 나는 확신합니다.

내 어린 조카가 있어서 나는 즐겁지만, 반면 나는 그 어린 조카 때문에 괴롭기도 하고 슬프기도 합니다. 저놈이 자라서 누구에게도 머리를 숙이거나 굽히지 않고 떳떳하게 살 수 있어야 할 텐데, 우리가 물려줄 이 너절한 유산을 가지고는 도저히 그런 행복을 누릴 수 있을 것 같지 않은데. 어디 내 조카뿐이겠습니까? 무수히 태어나는 이 땅의 생명을 위해서

힘껏, 마음껏 뛰고 싶지만 일이 뜻대로 되지 않으니 답답할 수밖에 없습니다.

"왜 이리도 자존심이 없을까? 밥술이나 먹고 반반한 옷가지나 걸쳤으면 그것으로 만족하고 그 이상 바라는 것이 아무 것도 없는 이 국민을 가지고 어떻게 자유의 새 역사를 창조할 수 있단 말인가!" 자탄하면서 아, 인간의 모든 노력이 너무나도 허망한 것 같습니다.

일찍이 구약 전도서의 기자가 탄식하여 말하기를 "헛되고 헛되며 헛되고 헛되니 모든 것이 헛되도다. 사람이 왜 아래서 하는 모든 수고가 자기에게 무엇이 유익한고!" 하였거니와, 사실 내가 믿는 종교가 가르치는 생명의 영원함을 믿지 않는다면 내가 왜 이 고생을 하겠는가. 말입니다.

시인 롱펠로는 인생이 헛된 꿈이 아니라는 사실을 밝히기 위해서 시를 썼으리라고 믿지만 '나에게 슬픈 곡조로 인생은 한낱 공허한 꿈이라고 말하지 말라!'는 그의 「인생찬가」가 반드시 삶의 허무함을 극복하여 주지는 못합니다.

옛날 시골로 다니면서 부흥회를 인도하던 부흥 목사들이 즐겨 부르는 노래 중에 이런 구절이 있습니다.

세상만사 살피니 참 헛되구나
부귀공명 장수는 무엇하리오
고대광실 높은 집 문전옥답도
우리 한 번 죽으면 일장의 춘몽

봄날의 한바탕 꿈처럼 허무한 인생, 돈을 모아선 무엇하며 벼슬이 높아진들 무슨 소용이 있나, 오래 사는 것조차도 결코 축복이 아니다. '죽는 날이 출생하는 날보다 나으며 초상집에 가는 것이 잔칫집에 가는 것보다 나으니'라고 읊은 옛사람의 심정도 이해 못 할 바는 아닙니다.

큰 집을 지어 살면서 네다섯 되는 아들딸에게 자가용 한 대씩을 다 사 주고 거들먹거려도 별수 없지 않은가. 소유한 수십만 평 땅이 언제까지 자기 땅으로 남아 있을 것인가! 생각해 봅니다.

토지 많아 무엇해
나 죽은 후에
일 평 장지 관 한 개
족하지 않으랴

나는 결코 서구적인 것에 환장한 사람도 아니요, 서양이 동양보다 우수하다고 믿는 사람도 아닙니다. 내가 지난 20여 년간 서양의 역사와 문화를 배워서 한 가지 깨달은 것이 있다면 서양의 지성은 죽음과 숨바꼭질을 할 용의가 있는데 동양의 지성은 그런 모험을 대단히 부도덕하다고 비난한다는 사실입니다. 내가 우리의 전통사회에 접붙이고자 결심한 서구적인 것이 있다면 그것은 곧 죽음과 숨바꼭질을 하려는 지성의 모험이라고 하겠습니다.

우리는 먼저 효라고 하는 유교적 제약에서 풀려나야 합니다. 아마 이들이 아폴로를 타고 달나라에 가 보겠다고 하면 눈물을 흘리며 한사코 말릴 부모가 대부분일 것입니다. 그러니까 포호빙하(暴虎憑河, 용기는 있으나 지혜가 없음을 이르는 말)는 지성인의 영역이 아니라, 무식하고 어리석은 필부들의 만용밖에 되지 않는다는 말입니다. 어째서 호랑이를 맨손으로 잡고 황야를 걸어서 건너려는 것이 지성인의 꿈이 되어서는 안 된다는 말입니까? 그 꿈이 부끄럽지 않은 꿈이니까 서양 사람은 대포를 만들고 군함을 만들게 되지만 똑똑하고 교양있는 사람은 부모를 공경하며 무식한 민중을 무식하게 그냥 두고 기름만 짜 먹는 것을 이상으로 여겼으니 우리 사회가 발전했을 리가 없습니다.

신체발부는 부모에게서 받은 것이니 감히 훼손치 아니함

이 효의 시작이라면 사회정의의 실현은 그 시간부터 불가능하게 되는 것입니다. 자기 몸을 사리고 아끼는 사람이 사회에 무슨 공헌을 할 수 있단 말입니까? 그렇게 되면 절대 권위 앞에서 종노릇밖에 못 합니다. 군사부일체라는 말도 듣기 싫습니다. 이것이 다 권위주의의 표현인데 결국 아버지와 스승과 임금이 들러붙어 전통이라는 미명 하에 돋아나는 새싹을 자르고 발로 밟아 온 것입니다. 그래서 우리는 진보의 개념으로 역사를 보지 못하고 오로지 요순(堯舜)의 영광을 그리면서 의미 없는 삶을 되풀이해 온 것에 불과합니다.

공자는 죽음이라는 말조차 쓰기를 꺼렸다고 합니다. 그런 훌륭한 스승의 가르침을 비방할 뜻은 조금도 없지만, 유교의 영향을 무시할 수 없는 우리 사회가 침체될 수밖에 없었던 하나의 원인이 거기에 있는 것도 같습니다. 예수는 어떻게 살라고 가르친 것이 아니라 어떻게 죽으라고 가르친 것이나 다름없습니다. 목숨을 구하고자 하는 자는 잃을 것이요, 나를 위하여 목숨을 버리는 자는 영원히 살 것이라고 가르친 이가 예수입니다.

삶과 죽음은 결국 하나이다. 참 죽음을 죽는 사람만이 참 삶을 살 수 있다. 그래서 기독교의 부활은 우화가 아니라 실

제일 수밖에 없습니다. 부활이 없으면 기독교는 죽은 종교입니다.

"이 성전을 헐라. 내가 3일 만에 다시 세우리라."

그렇게 예수는 자신 있게 말하고 굳게 닫힌 무덤을 헤치고 사흘 만에 부활한 것입니다. 그렇게 죽으면 이렇게 살 수 있습니다. 나를 가장 감동하게 한 역사의 한 장면은 청년 예수가 십자가를 지고 골고다로 가는 장면이었습니다. '그가 진 십자가가 지나치게 무거워' 그는 몇 번이나 길가에 쓰러졌습니다. 30대 젊은이의 죽음치고는 너무 참혹하지만 그 참혹은 아름다움으로 승화되는 법입니다.

예수가 죽음과의 숨바꼭질을 거부했다고 해서 그를 비난할 사람은 없었을지도 모릅니다. 그도 단란한 가정을 꾸미고 총독과 제사장들에게 충성을 다하며 재미있게 살 수도 있었을 것입니다. 그러나 그는 그런 유혹을 단호히 물리치고 십자가를 진 것입니다. 그는 찬란하게 살기 위하여 찬란하게 죽은 것입니다. 내가 예수를 믿는다는 것은 그렇게 살다 그렇게 죽겠다는 뜻입니다.

대부분의 인생은 요를 깔고 그 위에 누워서 죽습니다. 아들, 손자, 며느리가 지켜보는 가운데 운명하면 행복한 사람이라고 합니다. 그러나 나는 그렇게 생각하지 않습니다. 그렇게 죽는 것은 너무도 부끄러울 것 같습니다. 그렇게 죽으면 눈이 감기지 않을 것입니다. 이 엄청난 현실의 부조리를 그대로 두고 어떻게 요를 깔고 편하게 죽을 수 있겠습니까! 어떻게 안심하고 눈을 감을 수 있겠습니까!

어차피 가는 것입니다. 다 두고 가는 것입니다. 스탈린이 비밀경찰의 두목 베리아에게 트로츠키를 처치하라고 하였을 때 "그놈 몸에 병이 있으니 조만간 죽을 것입니다"라고 베리아가 대답하였더니, 스탈린이 노발대발하며 하는 말이 "그런 나쁜 놈을 자연사하게 해? 어서 죽여 없애!"라고 호령했다지만 나도 자연사를 싫어하고 미워한다는 사실을 고백하고 싶습니다.

죽음과의 숨바꼭질. 이것이 이 땅에 살면서 지성을 가졌다고 자부하는 나의 행동의 지침이요, 생활의 강령입니다. 그래서 오늘도 나는 내 주변에 일어나는 일들에 대해서 크게 걱정하지 않습니다. 하나님께서 나를 사랑하셔서 그런 영광의 기회를 주시면 내가 고맙게 받을 것이고, 아니면 이 골고다와 같은 해골의 골짜기에 생명의 씨앗을 뿌리고 다닐 것입니다. 사람들은 나를 측은하게 보고 불쌍히 여길는지 모르나 지금까지도 참 떳떳하게 살았습니다. 그러나 이 장막은 언젠가 무너지고 말 것입니다.

나는 일전에 참으로 비감한 생각이 들어 「아, 나의 조국이여 그대는」이라는 제목 아래 서투른 시를 몇 줄 적어 보았습니다.

그대는
나의 양심입니다

그대는
내가
그리도 오래 찾아 헤매던
무지개의 고향입니다
그 맑은 눈동자에
검푸른 내 죄의
그림자가 비치고

그 화사한 웃음에
내 영혼의 그윽한 안식이 있습니다

어차피 가야 할 길
떠나는 이 시간
어쩐지 서글퍼

눈 감으면

눈물 속에 아롱진

그대 모습에

다하지 못한 사랑의

아쉬움

살아야 할 때

죽는 것이 죄라면

죽어야 할 때

사는 것도 죄려니

아, 나의 조국의

하늘이여, 땅이여

죽어도 눈 감지 못하리

죽어도 눈 감지 못하리

그대는

내 무덤가의

들국화 한 송이

새벽이슬 머금고

태양 힘있게 솟아오를 때

그 빛 안으며

그대는

찬란하게 빛나소서

나는 건강하게 타고난 사람이어서 내버려 두면 오래 살지
도 모릅니다. 삶이라는 이 비극 속에서 무엇인가 아름다운
것을 창조해 보려는 의욕을 포기한 때는 없었습니다. 내가
링컨을 연구하고 그에 관한 자료를 수집한 것도 즐거움을 창
조하려는 내 삶의 의욕 때문이었다. 내가 현재 가진 자료만
가지고도 앞으로 박사학위 논문을 여러 사람이 더 쓸 수 있
을 것입니다.

나는 무지개를 사랑하며, 아침 해 뜨는 것과 저녁놀에 무
한한 매력을 느낍니다. 어린 학생들이 소리를 합하여 '봄의
교향악이 울려 퍼지는'이라는 노래를 부르는 어느 학교 교실
밖에서, 좀 더 열심히 진실하게 살아야겠다고 눈물을 흘리며
결심한 일이 있었습니다.

나는 봄을 기다립니다. 시인 김영랑은 모란이 피기까지는
아직 그의 봄을 기다리고 있겠다 하였지만 나는 내 봄을 기
다리고 있습니다. 나의 모란꽃도 아직 피지 아니하였습니다.
학교로 가는 길가와 언덕에 파릇파릇 새싹이 움트고, 꽃가루

같이 부드러운 고양이의 털에 고운 봄의 향기를 느낄 수 있는 그 계절을 나는 이렇게도 애타게 기다리고 있습니다.

그 봄이 꼭 오기는 하겠지만 내가 반드시 그 봄을 보게 되리라는 아무런 보장도 없습니다. 다만 내 조국의 대지 위에서 셸리처럼 나도 예언의 나팔을 부는 것뿐입니다. 내 나팔소리를 듣고 조그마한 용기라도 얻어 이 삶을 더욱 힘차게, 용감하게, 고결하게 살고자 결심하는 젊은이가 하나나 둘이라도 생기면 그것으로 나는 삶의 보람을 느끼리라.

인생이 허망한 꿈이 아니라는 사실을 증명하기 위해서 나는 살고 싶습니다. 그렇게 살기 위해서 나도 죽어야겠습니다. 나사렛의 그 소박한 목수의 아들처럼 나도 자유 아니면 죽음을 택할 것입니다.

충돌 없이는 안 돼

"나는 세상에 불을 지르러 왔다.
이 불이 이미 타올랐다면 얼마나 좋았겠느냐?"
예수는 자신이 어쩔 수 없이
변화와 개혁의 주체일 수밖에 없다는 사실을 밝혔다.

'발전은 충돌을 통해서 오느니라'라고 말한 사람은 이탈리아의 애국자 마치니Giuseppe Mazzini였습니다. 그러나 이 말은 변증법에 대하여 다소간의 이해가 없으면 매우 알아듣기 어려운 말입니다.

흔히 우리는 '충돌은 혼란밖에 아무것도 가져올 수 없다'는 전통적 사고의 틀을 벗어나지 못하고 있기 때문입니다. 현상 status quo을 유지하기에 급급한 나머지 우리는 일체의 충돌을 부도덕한 것으로 간주하고, 태평성대를 가장 바람직한 것으로 여겨 왔습니다.

그러나 발전의 이치는 이와 정반대입니다. 크나 작으나 진보의 계기는 부딪침 없이 얻어질 수 없다. 양+과 음-이 부딪쳐 전기가 발생하듯, 새것과 낡은 것은 반드시 충돌해야 운동량을 얻을 수 있는 것입니다. 종교계의 현상을 빌어 역사 발전의 원리를 파악하도록 해 봅시다. 정통正統이 없는 종교는 없습니다. 그러나 이단異端 없이 정통을 운운할 도리는 없는 겁니다. 정통이라는 말이 생긴 것부터가 이단을 전제하는 것인데, 정통만 살려두고 이단은 모조리 목을 베어 씨도 남지 않게 한다면 그 정통이 설 자리가 과연 어디 있겠습니까?

흥선대원군이 정치·경제·사회 전반에 걸쳐 말썽이 되어 온 전국의 서원書院 중 47개소만을 제외하고는 모조리 폐쇄하고 난 후 사람을 보내 그 반응을 알아 오라고 하였다. 이 사람이 전국을 두루 살피고 돌아와 대원군에게 보고하기를, "아주 조용합니다." 하였더니 대원군은 무릎을 치면서, "이거 큰일 났구나" 하더라는 말이 전해지고 있습니다. 작용에 대한 반작용이 없다면, 도전에 대해 대응이 없다면, 그것은 매우 불길하고 불안한 사태라고 판단했던 모양이니 대원군이 제대로 시대를 만났더라면 위대한 정치가가 될 가능성도 있었다고 나는 생각합니다.

역사의 발전을 살피고 익히는 데 있어 헤겔의 변증법을 능가할 만한 지침은 찾아보기 어렵습니다. 역사에도 돌연변이가 없을 수는 없지만 역사상의 사건들은 대개가 정正·반反·합 合의 원리를 따라 완성의 날을 향해 부단히 충돌을 거듭하고 있습니다.

기독교란 어떤 종교인가 하면, 정신세계의 프롤레타리아 를 끊임없이 양성하는 종교입니다. 현상 유지에 급급한 정신 적 부르주아는 어떤 면에서도 그리스도의 제자가 될 자격이 없습니다.

물론 프롤레타리아에도 두 종류가 있습니다. 독재를 꿈꾸 는 폭력의 전위前衛들이 있고, 희생과 봉사로써 일관하려는 평화의 사신들이 있습니다. 그리스도인은 후자일 수밖에 없 으나 프롤레타리아라는 점에서는 모두 개혁의 역군이며 충 돌의 불씨인 것입니다. 예수는 다음과 같은 말로 자신이 어 쩔 수 없이 변화와 개혁의 주체일 수밖에 없다는 사실을 밝 혔습니다.

"나는 이 세상에 불을 지르러 왔다. 이 불이 이미 타올랐다면 얼 마나 좋았겠느냐?"

예수를 방화범이라고 하면 좀 지나친 표현이 되기는 하겠 지만, 낡은 세상을 불사르고 그 위에다 새로운 나라를 이룩하고자 했던 그에게 불을 지르고 싶은 의욕이나 충동이 전혀 없었다고 단정한다면 그것은 더욱 부당한 말이 될 것입니다.

충돌 없이 발전이 없다는 사실을 예수의 일생을 통해 우리에게 보여준 것입니다.

우리의 얼, 어떻게 지켜나갈까

말없이 나라를 지켰던 민중이라고 본다.
그네들은 조상이 지키던 이 땅을 떠나지 않고
겨우 입에 풀칠이나 해 가며 자녀를 나서 가르치고 키우면서
"민족정신을 그대로 계승시켜왔던 민족의 대주주였노라!"

우리의 역사를 부끄러운 역사, 구린내 나는 역사로만 알고 한국 사람이라는 사실에 조금도 긍지를 느끼지 못하는 이 들을 위해서라도 우리 역사는 고쳐 쓰여야 하고 공연히 선조들이 한 일에 비분강개하는 따위의 옹졸한 입장을 버려야 합니다. 조선왕조에 당쟁이 심하여 참혹한 일이 많았던 것은 사실입니다. 하지만 그것이 조선 역사의 중요한 내용이라고 봐서는 안 됩니다. 그 학정 밑에서 살을 저미는 아픔을 참아가면서 자신의 뜻을 굽히지 않고 의연하게 생을 영위한 무수한 민중들이 있었기에 민족의 빛을 발할 수 있었고 한민족의 얼을 지킬 수 있었음을 밝히자는 말입니다.

일본 제국주의, 군국주의에 주권을 빼앗겼던 40년에 대한

해석도 좀 달라져야 하리라고 봅니다. 이완용을 비롯하여 일본군대에 아부하며 무슨 덕을 보려던 무리나 사관학교라도 다녀 일본군의 장교로 출세하려던 인간들이 그 시대를 대표하는 것이 아닙니다.

  나라를 빼앗긴 분함을 못 이겨 배를 가르거나 해외로 망명하여 때를 기다리던 우국지사들만이 우리 얼을 간직했던 것도 아니라고 봅니다. 말없이 나라를 지켰던 민중이라고 봅니다. 그네들은 조상이 지키던 이 땅을 떠나지 않고 겨우 입에 풀칠이나 해 가며 자녀를 나서 가르치고 키우면서 "민족정신을 그대로 계승시켜왔던 민족의 대주주였노라!"고 한다면 지나친 해석이라 하겠습니까?

  하와이, 중국 등지로 헤매던 애국자들이 다 돌아왔어도 그들을 환영하는 대중이 없었다면 대통령이니 국무총리니 하는 벼슬자리도 만들 수 없지 않았겠습니까? 얼빠진 지도자들 때문에 정신이 똑바로 박힌 백성들이 공연히 시달리는 나라가 바로 한국입니다. 제대로 사람대접도 못 받으면서 꼬박꼬박 자기 의무를 다하며 나라를 지켜온 우리 일반 대중에게 국가 최고훈장을 달아 주어야 합니다.

  한국의 얼을 가꾸어 나가는 데 있어 또 하나 중요한 과제가 있는데 그것은 희생과 인종忍從을 바탕으로 하는 우리 얼이 그리스도의 복음에 접붙임을 받아야 장차 더 화려한 꽃, 더 훌륭한 열매를 맺을 수가 있다는 것입니다. 전에 가장 큰 영향을 준 불교나 유교와 달리, 기독교는 어떤 고상한 목적, 높은 차원의 이상을 설정하고 부단히 전진하는 원동력을 공급하여 줍니다.

희생은 불가결의 요소며 불가피의 과정이기는 하지만 그것 자체가 목적이 될 수는 없습니다. 한국 국민이 잘 참아온 것은 사실이나 그것만 가지고 새 시대의 주인공 노릇을 하지는 못합니다. 무엇 때문에 참고 견디는가 하는 목적의식이 뚜렷해질 때 비로소 한국의 얼은 한국뿐 아니라 온 누리를 밝게 비치는 참 빛이 될 것입니다.

인도의 시인 타고르가 동방을 밝히는 빛을 한국에서 찾았다는 것은 결코 우연한 일이 아니요, 한국의 얼을 파악한 그 시인의 탁월한 직관력 때문이었습니다. 우리는 결코 타고르의 말을 무심하게 들어 넘겨서는 안 됩니다.

우리가 어째서 예술을 사랑할 뿐 아니라 특출한 예술 재질을 타고난 국민인지 압니까? 종교와 예술은 사실상 거리가 멀지 아니하고 결국 이상을 추구하는 인간의 염원과 노력의 두 가지 표현일 뿐이라는 사실을 알아야 합니다.

현실에 전적으로 만족하여 사는 사람에게는 종교도 필요 없고 예술도 필요 없습니다. 현실 이상의 그 무엇을 갈망하고 추구하는 데서 종교가 생기고 예술이 창조되는 것이죠.

우리 민족이 풍부한 예술적 자질을 가졌으면서도 만민의 심금을 울릴 큰 작품을 남기지 못한 채 다만 술 한 잔에 꽃 한 가지를 꺾어가며 일종의 풍류에 그친 까닭은 하늘을 찾고 하나님을 부르며 매를 맞고 피를 흘리는 소박함만을 가지고는 위대한 것을 창조하지 못하기 때문입니다. 그러므로 우리는 기독교의 복음이 이 땅의 민중 속으로 파고들기 시작한 20세기를 한국 역사에 있어 대단히 중요한 시기로 보며, 그 열매를 크게 거두는 날이 있으리라고 보는 것입니다.

한국의 얼, 한국의 자랑, 민중의 마음이 가난한 사실이라고 한다면 오늘날 백성을 우롱하면서도 그 잘못을 깨닫지 못하는 얼빠진 지도자들은 이 말을 비웃을 것입니다. 그러나 하나님의 아들 예수 그리스도는, '심령이 가난한 자는 복이 있나니 천국이 저희 것임이요'라고 하시지 않았습니까!

복음의 옥토에서 우리 얼을 가꾸어 앞으로 세계 평화와 번영에 크게 공헌할 거룩한 사명이 우리에게 있습니다.

삼천만의 기도

모든 국가 모든 민족 위에 높이 계시어
인간의 역사를 홀로 주관하시는 하늘에 계신 아버지 하나님,
땅을 치며 하늘을 원망하는 그들의 상한 마음을 위로하여 주소서!
어루만져 주소서!

어느 개인보다도 크시고 어느 정권보다도 위대하시며 모든 국가 모든 민족 위에 높이 계시어 인간의 역사를 홀로 주관하시는 하늘에 계신 아버지 하나님, 묵은해를 보내고 새해를 맞이하는 이 거룩한 아침, 고난의 역사의 주인공인 우리 삼천만은 경건한 자세로 당신 앞에 무릎을 꿇고 이 백성의 답답한 심정을 호소합니다.

죽고 싶도록 괴로운 한 해였습니다. 유신의 요란한 나팔소리에 민중의 정신이 얼떨떨하고 "수출 1백억 달러, 개인소득 1천 달러"를 약속하는 가나안의 복지가 멀고 고달프게만 느껴졌습니다.

죽고 싶다는 사람이 많았습니다. 우리는 자유 때문에 이 대한민국에 살며 그 사실을 그토록 자랑스럽게 생각하는데 이렇게 자유가 없어서야 어떻게 살겠느냐고 몸부림치는 사람들이 많았습니다.

말 한마디, 글 한 줄에 당국의 비위를 건드렸다 하여 얻어터진 사람, 일터에서 쫓겨난 사람도 없지 않았습니다. 생명과 자유와 행복의 추구가 당신께서 우리에게 주신 천부의 권리라고 하는데 인간의 존엄성이 다 쓰러져 가는 시골 초가집의 흙담처럼 초라하였고 사람의 값은 삼복더위의 개 값만도 못한 한심한 형편이었습니다. 어디 사람이 사람대접을 받고 살았습니까? 그래도 나라만 잘된다면 자유의 일부만 아니라 전부를 유보해도 참고 견디겠다는 것이 선량한 이 백성의 정성이건만, 유신한 후에 유신이 과연 무엇이냐고 반문할 수밖에 없는 우리의 심경입니다.

유신을 빙자하여 악은 더욱 활발하게 날뛰며 부정부패는 때를 만난 듯이 종로 네거리를 활보하면서 국민을 비웃는 듯하였습니다. 세무서의 고급공무원이 세금 받은 돈을 금고에 넣어두고 슬금슬금 빼먹는 나라가 어디 있으며, 공무원의 채용시험을 부정으로 해치우는 어마어마한 조직망이 다른 나라에도 있다는 말을 들어본 일이 없습니다.

부정부패가 전혀 없다고 잡아떼는 정부의 지도자는 한 사람도 없습니다. 있는 사실은 시인하지만 북한의 김일성이 기회만을 노리고 있는데 우리가 집안에서 요런 사소한 문제를 가지고 말썽을 일으켜서야 되겠느냐고 우리를 타이르곤 하였습니다.

그러나 그게 어디 사소한 문제입니까?

일반 국민은 중국과 소련과 미국과 일본이 한반도의 장래를 두고 어떤 흥정을 하고 있는지에 관하여는 아는 바도 없거니와 관심도 없습니다. 그렇지만 교통순경이 길거리에서 택시를 세우고 세관원이 요술을 부려가며 기업체와 개인의 심정을 우울하게 만들 때 국민은 무엇인가 잘못되었다는 아픔을 피부로 느끼고 자연 정부에 대한 불만을 품게 되는 겁니다. 부정부패가 어디 사소한 문제입니까?

살인, 강도도 엄청나게 많았던 한 해였습니다. 구로동 공단의 개머리판 없는 카빈총 강도는 아직도 경찰에 의하여 체포되었다는 보도가 없습니다. 캠퍼스의 '불온 삐라'를 적발해내는 데는 귀신같은 우리 경찰이, 대학생의 데모를 방지하는 데는 도사 같은 우리 경찰이 강도 몇 놈을 못 잡아낸대서야 어디 국민이 마음 놓고 잠을 잘 수가 있겠습니까?

유신체제라 하여 고용주가 고용인을 혹독하게 부리면서도

유신에 협력하기 싫어한다고 얼토당토않은 핑계를 내세우는 사례도 비일비재했습니다. 노총의 위원장이 낙하산을 타고 강림하고 노동자 스스로 원하는 노동운동의 지도자가 빛을 보지 못했다고 분개하는 노동자들도 많았습니다.

노사의 분규는 번번이 민족자본의 축적이라는 미명 아래 돈 있는 사람에게 유리하게만 조정되었습니다. 오죽하면 평화시장에서 억울한 대우를 참다못해 분신자살한 전태일 군의 추도예배도 여의치 않았겠습니까? 가난한 자, 짓밟힌 자의 애타는 부르짖음이 하늘에 계신 하나님의 귀에만은 상달하였으리라고 믿고 싶습니다.

하나님께서 살아계시는데 어쩌면 이런 참혹한 일들이 일어날 수 있습니까? 정선 동고탄광에서 석탄을 캐다가 천장이 무너져 파묻힌 광부가 죽음의 시간을 기다리면서 자기 아내 앞으로 적었다는 몇 줄의 글이 삼천만의 눈시울을 뜨겁게 하였습니다.

땅을 치며 하늘을 원망하는 그들의 상한 마음을 위로하여 주소서! 어루만져 주소서! 하늘에 계신 아버지시여, 김대중 씨 납치사건은 어떤 젊은이들이 무슨 애국심으로 저지른 일이건 우리 얼굴에 통칠한 부끄러운 사건이었습니다.

일본인들이 그 사건을 우리를 업신여기는 하나의 구실로

삼는 이 현실 또한 견디기 어렵습니다. 전능하신 하나님께서야 다 아실 것인데 후일의 역사가 그 들을 잡아 심판하기 전에 그 명단을 우리에게 공개하사 법의 공정한 심판을 받도록 선처하여 주소서.

서울대학교 법과 대학의 최종길 교수의 돌연한 죽음을 우리는 다 애석하게 여기며, 그의 수수께끼 같은 자살의 원인이 그의 가족과 친지와 또 사랑하는 제자들에게 납득갈 만큼 성의있게 해명되도록 관계자들의 마음을 감동하게 하소서. 밤중에 전화를 받아도 가슴이 덜컥하지 않는 사회, 검은 집차가 대문 앞에 서 있어도 조금도 놀라지 않는 그런 사회를 만들어 주시옵소서. 죽을 땐 죽어도 사는 날까지는 마음 놓고 살 수 있는 그런 울타리 안에서 우리로 하여금 생을 누리게 하소서.

혹시 무슨 일이나 생기면 한몫 보려고 단단히 벼르고 있는 사이비 정치인들의 아랫도리를 주여, 몽둥이로 후려갈기시고 다시는 민중의 희생 위에 자기 영화의 단꿈을 꾸려는 깜찍하고 방정맞은 생각을 아예 하지 못하게 하소서.

그러나 하나님이시여, 대한민국은 아름다운 나라요 우리가 합심하면 행복한 나라를 이룩할 수도 있다는 새로운 가능성에 가슴이 부풀어 오르는 늦은 가을의 한때였습니다. 정부는 이제 민의의 소재를 찾아 최선의 노력을 다하겠다고 약속하였으며 학원과 교회와 언론은 자유로의 잔물결을 잔잔하게나마 감지하고 있습니다.

이것이 다 우리만의 공이 아니고 하늘에 계신 아버지의 은총이라고 믿습니다. 국민이 원한다고 정부가 순순히 들어준 일이 이 역사에는 단 한 번도 없었습니다. 그러나 구속 학생을 석방하여 달라는 국민의 요청을 우리 정부는 기꺼이 받아 즉시에 풀어줌으로 이 강산에는 화해의 빛이 감돌게 되었으며 북의 침략자를 항상 의식하면서도 우리는 책임 있게 우리의 자유를 안고 누리게 되었습니다.

정경화 씨는 바이올린을 들고 세계를 정복하였고 첼리스트 정명화 씨는 제네바 국제 콩쿠르에서 1위를 차지하였답니다.

새해에는 이 모든 분야에서 더욱 두각을 나타내 한국의 위대함을 온 세상에 널리 알리게 하시옵소서. 사랑의 하나님, 이 백성을 버리지 마소서, 삼천만의 기도를 들어주소서!

민족의 양심, 조선 역사와 예수

조국보다 더 큰 것이 세계고 세계보다 더 큰 이가 그리스도다.
나라와 민족과 역사와 이 우주 안의 모든 것은
다 하나님의 영광만을 위해서 있는 것이고 민족의 양심은
그리스도의 사랑과 연결될 때 더욱 놀라운 역사를 이룩할 수 있다

우리의 역사를 흔히 고난의 역사라고 합니다. 아득한 옛날 파미르 고원에서 흥안령을 넘어 만주 평원을 거쳐 다시 한반도로 내려와 정착하게 된 우리 민족은 출발부터가 힘겹고 괴로운 것뿐이었습니다.

큰 뜻이나 원대한 포부가 있어서 민족이 이동한 것도 아니었습니다. 우리의 조상들은 그저 살기 위해 그 행진을 끝까지 계속하였을 것입니다. 여호와 하나님의 뜻에 따라, 가나안의 복지를 향해 험난한 길을 떠났던 유대민족이 광야 40년의 고통을 무릅쓰고 마침내 목적지에 도달한 사실에 비하면, 우리 민족사에는 가장 중요한 알맹이가 빠진 것이 아니었던가 하는 생각이 들 때가 있습니다.

이스라엘 민족은 그 고난의 역사를 통해 유대교라는 위대한 종교를 낳았고, 그 뿌리에서 예수 그리스도가 탄생하였습니다. 투지나 목적의식은 박약했지만 우리 민족의 역사에도 양심은 있었습니다.

군사 쿠데타를 꿈꾸던 이성계와 맞섰다가 뜻을 이루지 못하고 마침내 73세를 일기로 형장의 이슬로 사라진 최영은 과연 믿음직하고 든든한 양심의 인물이었습니다. 그의 죽음은 현실주의에 맞섰던 이상주의의 패배라고도 하겠습니다.

세종대왕 같은 명군의 뒤를 이어 왕위에 올랐던 문종은 기대할 만한 훌륭한 인물이었으나 명이 짧아 재위 2년에 40도 못 된 젊은 나이로 요절하고 말았으므로 어린 단종이 열두 살에 즉위하여 비극의 막이 올랐습니다. 수양대군이 왕이 되고픈 욕심에 김종서를 위시하여 충신이란 충신의 목을 다 자르고 왕위를 찬탈하여 세조가 되었습니다.

단종 3년 6월, 강제로 집행된 양위식에서 세조가 능청맞게도 엎디어 고개를 떨어뜨린 채 왕위를 사양하는 시늉을 했을 때, 부복한 그 많은 신하 중에 '안 됩니다'하는 한 마디를 감히 던지는 자가 없었습니다. 이때, 예방승지 성삼문이 국새를 가슴에 안고 소리 내어 통곡하니 세조는 고개를 들어 성삼문을 노려보았다는 말도 전해집니다. 불의한 권력의 불의한 녹을 한 알도 안 먹었다는 그는 침실에 거적자리 하나밖에 아무것도 없었다고 합니다.

그렇게 살다가 그렇게 간 이여!,
노량진 언덕에 묻힌 민족의 양심이여!

이 겨레와 이 민족을 사랑하는 마음이 하도 지극한지라, 동족을 대신하여 스스로 죽는 길을 택하여 간 안중근, 윤봉길. 그들의 양심과 희생 위에 오늘의 대한민국이 어엿이 서 있는 것이 사실입니다. 그들의 그 양심과 그 희생이 없었던들 우리는 자기라는 주체의식을 이미 상실한 지 오래일 것입니다. '나'를 잃어버린 민족이 감히 이날까지 목숨을 이어올 수 있었겠는가! 양심 때문에 십자가를 지고 간 위대한 선배들! 그들의 공로로 오늘의 조국이 버티어 나가고 있는 겁니다.

한 민족을 위해 십자가를 지고 간 이 들도 위대하거늘 하물며, 전 인류를 위해 십자가를 사양하지 아니한 하나님의 아들 예수 그리스도의 그 엄청난 희생을 생각하면 감사와 감격을 금할 길이 없습니다. 그의 크신 사랑 때문에 아직도 인류의 코에는 호흡이 끊어지지 않고 있습니다. 조국보다 더 큰 것이 세계고 세계보다 더 큰 이가 그리스도이십니다.

나라와 민족과 역사와 이 우주 안의 모든 것은 다 하나님의 영광만을 위해서 있는 것이고 민족의 양심은 그리스도의 사랑과 연결될 때 더욱 놀라운 역사를 이룩할 수 있다고 믿습니다.

우리들의 8월로 돌아가자

크리스천이여!
8·15의 감격을 되찾아 자유의 투사가 되자.
민족의 제단에 몸을 바칠 각오를 하자.
주 안에서 하나 되는 운동이
남북의 대화, 남북의 통일에 선행돼야 하리라고 믿는다.

6·25 때 북으로 납치되어 지금은 생사조차 알 길이 없는 어느 시인이 「우리들의 8월로 돌아가자」라는 시를 오래 전 해방기념일에 발표한 일이 있었습니다. 해방을 맞이하던 날의 그 감격을 다 어디에 두고 오늘날 우리는 이 꼴이 되었는가? 생각할 때 부끄럽기도 하고 답답하기도 합니다.

그 벅찬 감격 속에서 사실 우리는 누구나 다 조국을 섬기는 종이 되기를 바랐던 것이 아닌가! 그러던 우리가 이렇게 교만해지고 같은 동포를 누르고 짓밟고 못살게 하는 한이 있어도 나만은 높은 자리에 앉아 잘 먹고 잘살아야 하겠다는 더러운 처세술에 젖어버렸는지 우리는 아무도 탓할 수 없습니다.

죽는 날까지 이 걸음으로

소련의 잘못도 미국의 잘못도 아니요, 다만 한국 백성 전체가 모자라서 그렇다는 결론 밖에 나오지 않습니다. 자기 운명을 스스로 개척할 만한 힘도 지혜도 없으니 남에게 구박을 받아 마땅하다고 하겠습니다.

8·15 때는 대통령을 해 보겠다는 사람도 이렇게 많지 않았고 동족의 피를 빨아서라도 치부(致富)하여 미국이나 스위스 은행에 재산을 도피시키려는 자도 없었고 같은 형제의 붓을 꺾고 입을 틀어막으면서까지 한 개인 한 정파의 권력을 두둔하려는 놈도 생길 것 같지 않았습니다.

이 땅의 크리스천은 어떠했는가? 우리는 해방이 하나님의 선물이라고 믿었고 일본 제국주의의 잔인하고 혹독한 압제를 하루아침에 벗어나 자유의 몸이 된 사실을 마치 이스라엘 백성이 이집트를 떠나 홍해를 건너 가나안의 복지를 향하게 된 사실에 비유하면서 기쁨의 찬송을 부르고 감사의 기도를 올렸습니다. '3천만을 그리스도에게로'라는 부르짖음은 그날의 감격을 체험한 이 나라의 모든 기독교 신자의 한결같은 염원이었습니다. '그리스도의 복음을 위해 살자' 이것 이상 큰 꿈이 없었던 것입니다.

세월이 흐르는 동안에 정치는 썩었고, 교회는 분열되었습니다. 나라를 사랑하던 마음은 권력에 대한 욕심으로 변했고 복음 전도에 몸을 바치려는 거룩한 뜻은 편견과 고집으로 변질되었기에 죄 없는 민중은 목자 잃은 양 떼처럼 어두운 들판을 방황하게 된 것입니다. 특히 크리스천들은 차제에 크게 반성해야 합니다. 해방 후에 교회는 곳곳마다 많이 서서 예배당 꼭대기에 달린 십자가에 가려 천국이 보이지 않을 지경이지만 그리스도의 생명이 없는 교회가 많았습니다. 서로 치고받고 물어뜯어서 만신창이가 된 이 현실에 대해서 교권 담당자들은 베옷을 입고 재를 쓰고 회개함이 있어야 할 때입니다.

남북대화에 있어서 아무래도 그 첫마디는 무엇이겠습니까? '북한에도 자유가 있소?'가 되어야 합니다. 그 말을 할 수 있기 위하여 한국의 위정자들은 우리에게 자유를 보장하고 우리가 향유하는 자유의 훈훈한 바람이 동토의 벽을 헐고 통일에의 정지작업을 가능케 해야 할 것입니다.

크리스천이여! 먼저 8·15의 감격을 되찾아 자유의 투사가 되어 민족의 제단에 몸을 바칠 각오를 하세요. 우리가 물러서면 아무도 우리 조국을 통일하지 못합니다. 주 안에서 하나 되는 운동이 남북의 대화, 남북의 통일에 선행돼야 하리라고 믿습니다.

양심을 지킨다는 것은 늘 고독하다

대포를 가지고도 진리를 부수어버릴 수는 없고
따발총을 가지고도 정의를 쓰러뜨리지는 못한다.
천하의 잔디를 아무리 발로 밟아도 봄은 여전히 봄인 것이다

중세를 일률적으로 암흑시대라고 부르는 것은 부당합니다. 르네상스와 종교개혁을 거쳐 근세 서구사회를 형성한 모든 운동의 바탕은 대개 중세에 마련되었고, 모든 화려한 화초의 씨앗은 대부분 중세라는 흙 속에 뿌려졌습니다.

중세를 일관하여 본다면 가장 큰 힘으로 권력화 된 곳은 교회였습니다. 교황은 천국문의 열쇠를 맡은 베드로의 후계자로 인간의 영적 생활에만 큰 권한을 가진 것이 아니라 세속 생활까지도 거의 절대에 가까운 권력을 장악하게 되어 세상의 군주를 압도하고도 남음이 있었던 것입니다.

그레고리 7세, 이노센트 3세, 보니파시오 8세 등 유능한

교황들은 교황의 전능권Plenitudo Potestatis 원리를 전개하여 우선 절대적 교권을 확보하고 이윽고 세속적 문제까지 절대권을 주장하기에 이르렀습니다.

보니파시오 8세가 1302년에 선포한 'Unam Sanctum'은 영국 왕과 프랑스 왕이 성직자에게 세금을 부과하려는 계획을 좌절시키려는 상유(上諭, 국가 통치의 대권)로써 비록 그 뜻대로 대성공을 거두지는 못했으나 교권의 강대함을 과시하기에는 족하였습니다.

이단異端이란 무엇인가요? 정통이 아닌 것을 이단이라고 합니다. 그러나 정통은 그 기준을 어디에 두느냐에 따라 달라지는 것이므로 이단자라고 불리는 것을 두려워하지 않아야 합니다. 어떤 의미에서 역사는 이단자에 의해서 창조·발전되는 것을 부인할 수 없는 것입니다.

후에 프라그대학의 학장이 된 젊은 지성의 기수 후스는 위클리프의 이단적 학설을 받아들여 교권의 전횡에 항거하였을 뿐 아니라, 교황의 특별사죄권을 여지없이 공격하여 마침내 파문을 당하고 말았습니다.

그는 프라그성 밖으로 피신하여 연구와 저술에 전념하는 가운데 『교회론』을 통하여 교회의 머리는 오직 예수 그리스도뿐이라는 주장으로 세상을 놀라게 하였고 권력의 미움을 더 샀던 것입니다.

고혈압에 걸린 교회지도자가 후스를 그냥 둘리가 만무였죠. 그는 콘스탄스의 종교회의에서 이단자라고 낙인이 찍혀 마침내 1415년 화형에 처하도록 관헌의 손에 넘겨졌는데 그는 그의 주장을 철회하라는 당국자의 간곡한 부탁을 물리치고 태연하게 죽음을 택하였습니다.

참으로 장엄한 죽음이었습니다. 장수하는 것은 만인이 희구하는 바람직한 복이라고들 하지만, 옳은 목적을 위하여 적당한 시기에 죽는 것은 더욱 큰 복이라고 생각합니다. 하나님은 그런 영광스러운 죽음의 자리를 끊임없이 인간에게 보여주지만, 인간은 '세상 염려와 재리財利에 대한 유혹' 때문에 그 기회를 붙잡지 아니하고 다 비겁하게 죽어갑니다.

의인의 피가 헛될 수 있을까! 땅에 묻힌 지 30년이나 된 위클리프의 뼈마저 추려내서 불에 태움으로 이단의 근절을 꾀하였으나 어떤 종교회의도 이단을 뿌리 뽑지는 못하였습니다. 그 까닭은 명백합니다. 힘을 가지고 눌러서 되는 일이 있고 아무리 힘으로 눌러도 되지 않는 일이 있습니다.

'만리장성은 힘으로 쌓을 수 있다. 마지노선은 힘으로 무너뜨릴 수 있다. 권력을 가지고 반대자의 입을 틀어막을 수도 있고 정적을 옥에 가둘 수도 있고 죽여 없앨 수도 있다. 그러나 대포를 가지고도 진리를 부수어버릴 수는 없고 따발총을 가지고도 정의를 쓰러뜨리지는 못한다. 천하의 잔디를 아무리 발로 밟아도 봄은 여전히 봄인 것이다'

그래서 역사는 흥미 있는 것이고 세상은 살 만한 곳이 된다고 믿는 것입니다.

권력의 고민

잘못인 줄을 뻔히 알면서 그 잘못을 범할 수밖에 없는
헤롯의 심정이 어떠하였겠는가?
2천 년이 지난 오늘에도 양심의 고민에는 후회함이 없지만
권력의 고민은 계속 부끄러울 따름이다.

세례자 요한은 매우 비극적인 최후를 마쳤습니다.

그의 목에 칼이 떨어져 젊은 목숨이 졸지에 끊겼을 뿐 아니라, 그의 머리는 쟁반에 담겨 어느 권력자의 생일잔치에 모여든 손님들 앞에 전시되는 참변을 당하기도 하였습니다.

그 권력자의 이름은 헤롯이었습니다.

이 헤롯은 예수로부터 가장 고약한 욕을 들은 역사상 가장 고약한 인물이었죠. 언젠가 몇몇 바리새파 사람들이 예수께 가까이 와서 "어서 이곳을 떠나시오. 헤롯이 당신을 죽이려고 합니다." 하고 말하자, 예수는 "그 여우에게 가서……"라는 험한 어투로 말문을 열어 자신의 확고한 사명감을 밝힌

일이 있습니다.

그런 간사한 권력의 화신이 세례자 요한과 같은 정의의 사람과 사이가 좋았을 리가 없었던 것이죠. 헤롯은 흉측하게도 자기 동생의 아내 헤로디아를 아내로 맞았는데 이 일을 요한은 매우 못마땅하게 여겨, "그럴 수가 있느냐!"고 거듭거듭 책망하였습니다.

약이 오른 헤롯은 요한을 잡아 결박하여 감옥에 가두고 말았던 것이죠. 그의 생일잔치에서 헤로디아의 딸인 미모의 무희 살로메가 춤을 추어 의붓아비 헤롯의 마음을 사로잡았습니다. 그래서 헤롯은 소녀에게 무엇이든지 청하는 대로 주겠다고 큰소리를 치고 말았습니다. 불의한 권력의 허세란 매양 이렇게 진행되기 마련이죠. 그러자 살로메는 제 어미가 시키는 대로 "세례자 요한의 머리를 쟁반에 올려 여기에 갖다 주세요" 하고 청하였답니다.

그 말을 들은 헤롯은 마음이 몹시 괴로웠습니다. 본시 요한을 죽이고 싶었지만 민중이 그를 예언자로 알고 받드는 터인지라, 그를 처치하는 일이 무슨 불행한 사태를 몰고 올지 걱정스러워서 그저 삼가고 있었을 뿐이었는데 뜻밖에도 이 소녀가 세례자 요한을 죽여 달라는 것이었으니 그의 눈앞이 아찔하였을 것도 사실이었습니다. 권력에 도취한 사람은 대개 비겁한 사람들입니다.

헤롯은 그 많은 사람 앞에서 공언한 것을 철회할 수도 없는 터라 사람을 시켜 요한의 목을 베어오게 하였던 것이죠.

'여자의 몸에서 태어난 사람 중에 세례자 요한보다 더 큰 인물은 없었다'는 최대의 찬사를 예수 그리스도에게서 받은 이 거인은 이렇게 허무하게 세상을 떠났습니다. 그의 제자들이 와서 그 시체를 찾아 장사를 지냈습니다.

살로메의 일만 없었어도 헤롯이 요한의 목을 베는 만행으로 역사의 죄인이 되지는 않았을 것입니다. 그의 마음이 괴로웠던 까닭은 민중이 예언자로 받드는 인물을 죽여 없애버리는 일이 잘못인 줄을 잘 알고 있었는데 잘못인 줄을 뻔히 알면서 그 잘못을 범할 수밖에 없는 헤롯의 심정이 어떠하였겠는가! 말입니다. 소녀의 말에 일순간 파랗게 질렸을 그의 표정과 당황한 모습이 눈앞에 선히 보이는 듯합니다. 그것이 권력의 고민입니다.

세례자 요한도 권력자 헤롯도 죽어 땅에 묻힌 지 2천 년이 되었습니다. 삶의 고민은 두 사람에게 모두 한 결 같이 있었을 것입니다. 그러나 감옥에 갇혀 살던 양심의 고민과 왕좌에 앉아있던 권력의 고민 사이에는 질적인 차이가 있기 마련입니다. 그 일 이후 2천 년이 지난 오늘에도 양심의 고민에는 후회함이 없지만 권력의 고민은 계속 부끄러울 따름입니다.

새벽을 기다리면서

생명이 영원한 것이라면 죽음은 삶의 그림자에 지나지 않는다.
새벽을 바라고 기다린다. 동해에 해가 솟아오르고 태백산 줄기를 넘어
분명히 이 땅을 밝혀줄 것을 믿는다.
설레는 마음으로 부활의 새벽을 또 기다릴 것이다.

"아직은 어둡다. 창밖을 내다보면서 새날이 밝아 오기를 기다리고 있다. 기다리는 아침은 더디 온다"고 탄식한 사람은 영국의 시인 존 밀턴이었습니다.

아직도 어둡습니다. 우리 집 뜰에는 아버님께서 손수 심고 가신 보랏빛, 흰빛 라일락이 각기 한 그루씩 서 있는데 그 어렴풋한 모습도 아직 보이지가 않습니다. 족히 30년도 더 되었을 이 두 나무는 자색의 꽃망울이 먼저 선을 보이는데 아직은 어둠 속에 몸을 감추고 때를 기다리고 있는가 봅니다.

오늘은 1979년 4월 15일, 다시 사신 그리스도를 기리는 부활절의 새벽 찬송 소리가 그립습니다.

무덤에 머물러

예수 내 구주

새벽을 기다려

예수 내 주

원수를 다 이기고

무덤에서 살아나셨다

어두움을 이기시고 나와서

성도 함께 길이 다스리신다

사셨다 사셨다

예수 다시 사셨다

아아 들어보라! 천사들의 노랫소리가 갑자기 울려 퍼집니다. 어느 교회의 젊은 성가대원들입니다. 잠 오는 눈을 비비며 일찍 일어나 우리 집 대문 앞에 서서 예수의 부활을 알려주는 이들이 천사가 아니고 누구겠습니까?

그 곱고 부드러운 화음 이 어두운 밤의 고요를 흔들어 줍니다. 천사가 따로 있는 게 아닐 것입니다. 저 하늘의 일을 이 낮은 땅에 전해주는 이가 곧 천사입니다. 천사들의 합창을 들었으므로 어두움은 이제 못 견딜 고통만은 아닌 성싶습니다.

그러나 아직도 어둡습니다. 로마 군인들에게 그 조롱과 모욕을 다 당하시고 끌려가 십자가에 달리신 것은 엊그제인 금요일이었습니다. 그날 낮 열두 시부터 온 땅이 어둠에 덮여 오후 세 시까지 계속되었다는 말을 그대로 믿고 싶은 심정입니다. 완전한 사랑 때문에 살고 완전한 사랑 때문에 죽은 이는 인류의 1,500만 년 역사에 예수라 하는 그리스도 오직 그 한 사람뿐이었는데, 그를 십자가에 매달고 나서 하늘과 땅이 한동안 캄캄하게 되었다는 말을 믿지 못할 까닭이 무엇입니까?

'엘리 엘리 라마 사박다니(나의 하나님, 나의 하나님, 어찌하여 나를 버리셨나이까?' 이렇게 기도와 독백을 하면서….

아직은 어둡지만 그 어두움은, 견디다 못해 물러가게 마련인 해가 솟는 아침을 맞으며 예수를 영영 무덤에 가두어 둘 수가 없었으니 우리도 또한 영영 어둠 속에 갇혀 있지는 않을 것이라는 부활의 아침을 맞이했습니다.

생명이 영원한 것이라면 죽음은 삶의 그림자에 지나지 않습니다. 새벽을 바라고 새벽을 기다립니다. 동해에 해가 솟아오르고 이제 태백산 줄기를 넘어 분명히 이 땅을 밝혀줄 것을 믿습니다.

설레는 마음으로 부활의 새벽을 또 기다릴 것입니다.

국가와 민족을 살린다고 큰일을 저지르는 사람들이 우리 주변에 있습니다. 그들이 그 일에 성공하고 나서 과연 국가와 민족을 염두에 두고 항상 겸손하고 경건하게 사는지가 가장 중요한 것입니다. 자기 개인의 영달을 위해서 못된 짓을 하고 잘한 듯이 꾸며도, 역사는 그의 죄악을 반드시 파헤치고 정죄하고야 말 것입니다.

제일 무서워해야 할 것이 역사의 심판이라고 믿습니다.

PART 3.

위인을
기다림

위인의 자격

"아무에게도 악의를 품지 말고 모든 사람에게 자비를 가지고 대하라."
"소인은 남을 미워하고 대인은 남을 사랑한다.
졸자는 원수를 갚으려 들고 거인은 원수를 용서하고자 노력한다."
링컨은 과연 위대한 인물이었다.

'진리는 영원불변 하다'고 하지만 '영원불변하지 못한 인간에게 무엇이 진리냐?' 하는 물음에 대한 답도 가지각색으로 나오는 모양입니다. 나도 "진리가 영원불변한 것이었으면…," 하고 바라는 사람 중 하나죠.

그래서 그 진리를 확실하게 파악하여 뜬구름 같은 이 삶의 언저리에서 영원불변한 진리를 절대적으로 의식하는 감격에 젖어 남은 날들을 경건하게 살 수 있길 바라고 있습니다.

그런데 인생은 그렇지가 못한 법! 심지어 과학적 진리라는 것도 그렇게까지 확실한 것은 아닌 성싶습니다. 나는 과학 세계에 문외한인지라 자신 있게 말할 수는 없지만, 뉴턴의 발견이 아인슈타인에 의하여 수정된 것은 사실이고 다윈의 가설은 오늘날 생물학자들에 의하여 그대로 받아지지는 않는 것 같습니다.

어떤 경우에는 그 시대의 권력이 진리를 독점하는 듯한 인상을 주기도 합니다. 갈릴레오는 1633년 로마의 한 수도원에서 종교재판을 받아야만 했습니다. 가톨릭교회의 '내로라'하는 추기경들 앞에 이 진리의 대변자는 참회하는 뜻에서 베옷을 입고 벌벌 떨면서 서 있었던 것이 사실 아니겠습니까?

그뿐인가요. 준엄한 논고에 이어 재판관이 만일 갈릴레오의 이단적 학설이 먼저 철회되지 않는다면 유죄판결은 불가피하다고 으름장을 놓았을 때, 70을 바라보던 이 늙은 과학자는 창백한 얼굴로 그들 앞에 무릎을 꿇으며 "다시는 그런 이단적 학설을 가르치지 않겠습니다"고 울음 섞인 목소리로 맹세하였습니다. 그때에도 지구는 여전히 돌고 있었겠지만 지구가 도는 것이 아니라 태양이 도는 것이라는 낡은 주장이 권력에 의하여 진리라고 판정된 것이 아니었던가요?

이성계가 고려의 충신을 배에 태워 예성강 깊은 물에 고기밥이 되게 하였을 때, 그것이 진리였지 그밖에 또 무슨 진리가 있었겠습니까? 불의한 방법으로 왕위를 빼앗은 세조를 몰아내고 단종을 복위시키려다 실패한, 이른바 사육신과 그 삼족을 세조가 멸하였을 때, 그것이 진리였지 그 밖에 또 무슨 진리가 있었겠습니까? 히틀러가 수백만의 죄 없는 유대인을 학살하고 스탈린이 그의 비밀경찰의 두목 베리아를 시켜 2백만을 피로 숙청하였을 그 당시에는 진리가 누구에게 있다고 생각되겠습니까?

　권력을 배경으로 낮도깨비들이 날뛰는 이 인간 세상에서 진리를 파악한다는 일이 얼마나 어려운 일이겠습니까? 모든 가치 판단의 기준은 다 상대적인 것. 옳다 그르다 하는 것도, 좋다 나쁘다 하는 것도, 아름답다 밉다 하는 것도, 따지고 보면 '불확실한 것'뿐입니다. 편견 없는 판단이 어디 있으며 고집 없는 주장이 어디 있겠는가? 말입니다.

　오늘 위대한 지도자들이 내일도 계속 위대하다고 추앙될 가능성은 극히 희박합니다. 이 나라 반만년 역사 속에도 매해 매달 매시 한 사람씩의 위대한 지도자는 있었다고 보아야 옳을 것입니다.

　한사군漢四郡에는 네 사람의 인물이 있었는지 모를 일이고 삼국시대에는 세 사람의 위대한 지도자가 있었다고 생각할 수 있겠지만, 적어도 어느 시대에나 한 사람의 민족중흥의 영웅은 있었으리라 짐작합니다.

이 역사 속에 태어나는 인물들 가운데는 확실히 위대한 사람들이 있습니다. '위인이란 곧 알곡이다. 알곡은 죽지 않는다. 세상에 왔다가 무엇인가 남기고 갔으면 하는 것이 사람의 한결같은 바람이라고 느끼게 된다. 그런데 무엇을 남기고 가나?'고 말합니다. 도대체 이 허무한 역사 속에서, 도대체 무엇을 남기고 가겠다는 말입니까?

아마도 세 가지가 있을 것 같습니다. 하나는 사상이요 또 하나는 예술이요 마지막은 생활이 아닐까? 합니다. 위대한 사상은 남습니다. 플라톤이나 아리스토텔레스의 철학은 인류와 함께 영원히 있을 것이기 때문입니다. 위대한 예술은 남습니다. 다빈치나 미켈란젤로의 그림은 인류와 함께 영원히 있을 것이기 때문입니다.

'생활'이 남는다는 말은 무슨 뜻입니까?

크나 작으나 현실의 문제를 자기의 희생을 바탕으로 이웃을, 민족을, 국가를 위하여 고상하고 용감하게 처리해 나가는 사람은 위인이란 말입니다. 이순신, 이상재, 안창호는 죽은 것이 아닙니다. 그들은 다 우리 가슴 속에 지금도 살아 있고 앞으로도 계속 살아 있을 것입니다. 그런 사람들을 위인이라고 합니다.

그러면 위인은 바위틈에서 솟아나듯이 그렇게 나타나는

것인가 아니면 한 시대와 환경의 산물에 불과한 것인가? 이것은 참으로 오랜 논쟁입니다.

생물학에서뿐 아니라 교육학이나 사회학에서도 유전과 환경 중 어느 것이 더 중요한가? 하는 문제로 계속 논쟁이 벌어지고 있습니다. 그래서 환경이 위인을 만든다는 일종의 환경결정론도 노상 억지는 아닙니다. "한자리 주면 누구나 할 수 있다"는 통속적 관념도 무시해서는 안 됩니다. 본래는 한심한 친구였는데 한자리하고 나더니 제법 됐다는 뜻일 것입니다.

기회라는 것이 넉넉하고 바람직한 환경에서 온다면 더 바랄 바도 없습니다. 재주는 있는데 부모를 잘못 만나 공부를 못했고 공부를 못했기 때문에 아무런 보람 있는 일도 하지 못하고 빈손으로 가는 사람도 헤아릴 수 없이 많습니다.

반면에 변변치 않은 친구가 환경이 좋고 바람을 잘 타서 아찔아찔하게 높은 자리까지 힘들이지 않고 올라가서 거기 오래오래 머무르는 특권을 누리는 어처구니없는 현상도 없지 아니합니다. 이 역사의 협잡꾼들, 강도들! 타고난 천재를 악용하여 남을 속이고 치고 빼앗아 홀로 영광을 누리는 악한들! 이름이야 진시황이라 했건 히틀러라 했건 스탈린이라 했건 내용에 있어서는 비슷비슷합니다.

그런 사람들이 나지 않았다면 역사는 오늘보다 조금은 더 깨끗하고 세상은 오늘 보다 조금은 더 살기 편하게 되지 않았을까? 생각해 봅니다.

나는 중국의 모택동이 100년, 200년 후에도 중국인들에게서 계속 높임을 받는 위대한 지도자가 되지는 못할 것이라고 단언합니다. 내 역사의식, 내 가치관을 토대로 그의 인물과 이력을 검토해볼 때 그에게는 진정한 의미의 위인이 될 가장 중요한 기능이 하나 결여되어 있는걸 발견했기 때문이죠. 모택동에게는 자비가 없고 남을 사랑하는 능력이 없습니다. 잔인한 사람이 위대하게 보이는 것은 일시적 입니다.

그러면 무엇이 사람을 정말 위대하게 하는 것일까요? 능력도 필요하고 기회나 환경도 갖추어야 하겠지만 사랑이 없으면 결국은 아무것도 아닙니다. 그 까닭은 사람이 떡으로만 사는 것이 아니라 사랑이 있어야만 사는 묘한 동물이기 때문입니다.

이런 의미에서 나는 미국의 16대 대통령 에이브러햄 링컨은 위대한 인물이었다고 확실히 믿는 것입니다. 2월에는 위인들이 많이 탄생한다는 말이 있는데 링컨은 역시 2월 태생이었는데 2월 12일은 날씨가 흐렸는지 맑았는지 그것도 알 수 없고, 그가 출생한 시가 어느 때인지 문헌을 뒤져도 찾을 길이 없으므로 사주팔자를 볼 수도 없습니다.

그는 통나무집에 태어났다고 하고 또 그의 생가는 오늘날 대리석 건물에 덮여 하젠빌이라는 켄터키의 조그마한 마을 어귀에 잘 보존되어 있지만 그 통나무들이 과연 그가 태어났을 때의 그 통나무들이라고는 아무도 장담하지 못할 것입니다. 그래도 사람들은 그렇다고 믿고 순례하는 심정으로 줄을 지어 그곳을 찾아갑니다. 죽은 지 백 년이 넘는 오늘에도 링컨의 인기는 대단합니다. 연말이 가까워지면 해마다 미국의 신문 편집인들이 한자리에 모여 '역사상에 가장 존경받는 인물'을 투표로 선정하는데 1970년 투표에서도 1위는 역시 예수 그리스도로 총 280표를 받았고 링컨은 151표를 얻어 당당히 3위를 차지하였습니다. 그것도 놀라운 일입니다.

많은 미국인에게 아직도 링컨에 대한 추억은 소중한 것 같습니다. 그에게 수염을 기르라고 권한 그레이스 베델이라는 소녀의 편지에 대해서 링컨이 보낸 짧은 답장이 1966년 3월 경매에서 2만 달러에 팔렸다고 합니다. 링컨 동전을 모으는 사람, 링컨 우표를 수집하는 사람, 책은 물론 그에 관한 글이나 가사도 모조리 스크랩하는 열성파도 상당수라고 합디다.

그에 관한 책이 몇 권이나 될 것 같은가? 1966년에 출판

된 어떤 기록에는 족히 5,000권은 되리라고 적힌 것을 보니 학문적 연구열도 결코 식어 가지 않은 모양 아닌가? 생각됩니다.

링컨 신화의 수수께끼를 간단명료하게 풀어볼 길은 없습니다. 그가 미국뿐 아니라 세계 어디서나 입신출세의 본보기로 자유와 민주주의의 상징으로 거의 반신(半神)에 가까운 숭배의 대상으로 이제 백여 년 동안 민족 영웅의 왕좌를 차지하게 되는 그 까닭을 만족스럽게 설명할 수는 없습니다.

그러나 그의 56년 일생이 남달리 극적으로 시작되어 극적으로 막을 내렸다는 사실이 그의 신화에 적지 않은 작용을 하였으리라는 짐작이 전혀 터무니없는 것은 아닙니다. 통나무집에 나서 어린 시절을 불우하게 보내고 점차 몸을 일으켜 마침내 백악관의 주인이 된다는 것이 결코 아무나 밟을 수 있는 코스는 아닙니다.

링컨은 그런 좋은 환경의 혜택을 받지 못했다는 말입니다. 그는 다 합쳐야 1년도 되지 못하는 짧은 기간밖에 정식교육을 받은 일이 없고 하원의원이 되었을 때도 신상기록 카드의 교육란에는 "부실"이라고만 적어놓았습니다. 그렇다고 그를 무식한 사람이었다고 생각하면 큰 잘못입니다. 링컨처럼 배우려고 평생 애를 쓴 사람도 역사상에 드물 것인데 그는 노력형이었고 그 노력을 통하여 막대한 지식을 머릿속에 저장 정돈하였다가 필요한 때에 적절하게 활용하였을 뿐 아니라 그에게는 항상 골똘하게 생각하는 습관이 있어 그는 자기 나름의 깊은 인생철학을 터득한 사람이었습니다.

그의 말 한마디 한마디가 그 자신의 뼈저린 체험을 바탕에 깔고 있기에 아직도 읽는 사람에게 큰 감명을 주지 않을 수 없습니다. 그것이 다 그의 매력인 것입니다.

독학으로 변호사가 되었고 비교적 젊은 나이에 이미 정치라는 곡예를 익혀 주의원을 거쳐 하원의원으로 또는 상원의원 후보로 정계의 거센 파도를 헤치는 중, 때로는 패배의 쓴 잔도 마시고 중상모략의 가시밭을 지나 대통령 후보로 지명되었다가 드디어 승리의 면류관을 차지했으니 과연 멋있는 삶이요, 보람 있는 일생이었죠.

그뿐인가요. 4년이라는 긴 세월 잘 참고 잘 싸워 마침내 남군의 항복을 받아낸 위대한 지도자! 유니온을 사수하던 북군이 승리의 문턱에 다다랐을 때 아깝게도 원수의 흉탄에 맞아 남북재건이라는 거창한 과업을 그대로 두고 표연히 가버린 위대한 대통령 에이브러햄 링컨!

링컨은 나면서부터 뛰어난 힘을 가졌던 사람이었습니다. 그는 켄터키에서 나고 인디애나에서 자라 일리노이에 가서 성공하게 되는데 오랜 세월 육체적 노동이 그에게 있어서는 생계를 유지하는 유일한 방법이었던 것이죠.

20세에 이미 193cm라는 엄청난 키에 도달한 그는 평생 불필요한 살이라고 한 점도 지니지 않았던 것 같습니다. 굵직한 뼈와 튼튼한 힘줄과 거친 가죽만으로 엮은듯한 육체, 그는 노동자였습니다. 육체적 힘 못지않게 그의 정신적 힘도 놀라운 것이었습니다.

살림이 가난해서 학교에는 못 다녔지만 지식욕은 죽는 날까지 문자 그대로 왕성하였습니다. 그는 성서와 셰익스피어의 희곡은 줄줄 암송할 정도로 숙독하였고 영문법, 유클리드의 기하학, 블랙스톤의 법률책 같은 것도 아무의 도움도 없이 혼자서 익혔던 것입니다.

자기가 모르는 단어를 다른 사람이 쓰는 것을 들으면 그 낱말의 뜻이 정확하게 무엇인지를 알아내기까지 마음이 괴로워 잠이 안 온다고 그는 어떤 친구에게 고백한 일이 있었답니다. 그가 남긴 글들은 언어를 구사하는 능력에 있어 하도 빈틈이 없고 정확하기에 아무리 까다로운 중고등학교의 작문 교사일지라도 흠잡기가 여간 어렵지 않았을 것입니다.

그러나 그를 역사상의 위인으로 만드는 요인이 반드시 그의 육체적 정신적 힘이 남보다 뛰어났다는 사실에 있는 것이 아니었죠. 힘이 뛰어난 사람은 인류의 역사에 수없이 등장하였지만 그 힘을 올바르게 사용하며 그 힘 때문에 더욱 겸손하고 너그럽게 이웃을 대하여 이웃을 섬긴 사람은 그 수가 극히 적은 것입니다.

여덟 권이나 되는 방대한 링컨 전집을 다 뒤져도 대통령 링컨은 국민을 향하여 "버릇을 고치겠다. 절대로 용서하지 않겠다. 뿌리를 뽑겠다." 하는 등의 사나운 표현을 단 한 번도 사용한 일이 없습니다. 그 무서운 전쟁을 치르며 빗발치는 듯한 가혹한 비난과 반대의 소용돌이 속에서도 그는 아무도 미워하지 않았습니다.

"내가 언제 죽더라도 나를 가장 잘 아는 분들이 나를 두고 이렇게 말해주셨으면 합니다. 나는 언제나 꽃이 자라날 수 있다고 생각되는 곳에는 엉겅퀴를 뽑고 꽃을 심었다고요."

가시 돋친 엉겅퀴를 뽑아버리고 그 자리에 아름다운 꽃을 심는 사람이 결국 위인인 것입니다. 힘이 있는 사람만이 관대할 수 있기 마련입니다. 혼미해가는 정국을 바라보면서 대통령에 취임하는 사람이 이렇게 말하였다면?

"이 나라와 그 모든 기관은 이 땅에 거주하는 인민에게 속한 것입니다. 그들이 언제든지 현존하는 정부에 대해 염증을 느끼게 되면 그들은 그 정부를 뜯어고칠 헌법상의 권한을 행사할 수 있고 더 나아가 이를 해체하거나 전복할 혁명권도 아울러 지니고 있습니다."

이것이 얼마나 위험한 말입니까?

대통령에 취임하는 사람이 국민을 향해 "내가 지금 대통령의 자리에 앉기는 합니다만, 맘에 안 맞고 하는 일이 비위에 거슬리면 혁명을 일으켜 나를 내쫓아도 좋습니다" 하는 말이나 다름이 없으니 얼마나 대담한 취임 연설인가요!

힘이 있어서 너그러운 것은 얼마나 아름다운가?

남북전쟁에 승리하고 이제 북은 마음대로 남을 타고 누르고 목을 비틀 수도 있을 때 링컨 대통령은 '우리의 할 일은 전쟁이 상처를 싸매는 일'이라 하였고, '아무에게도 악의를 품지 말고 모든 사람에게 자비를 가지고 대하라'고 하였습니다.

"소인은 남을 미워하고 대인은 남을 사랑한다. 졸자는 원수를 갚으려 들고 거인은 원수를 용서하고자 노력한다". 링컨은 과연 위대한 인물이었습니다. 그는 사랑을 위해 살고 사랑을 위해 죽었기 때문입니다.

지식인의 마지막 명예, 모어의 용기

'들을 귀 있는 자는 들을지어다'
역사는 허무한 것 같으면서도 허무하지 않은 것이요,
인생은 무가치한 것 같으면서도 무한한 가치를 지닌 것 아닌가!

진리는 어느 한 개인이나 기관의 독점물일 수는 없습니다. 존 후스는 가톨릭교회의 비진리를 진리로 바꾸어 보려는 노력 속에서 목숨을 잃었지만 토머스 모어는 가톨릭교회가 지닌 진리를 드러내려는 노력 속에서 목숨을 잃었습니다.

두 사람이 다 진리를 위해 죽은 사실에는 조금도 다를 바가 없고, 그 죽음이 다 고귀하다는 점에서도 의심의 여지가 없는 거죠. 후스가 흘린 순교의 피는 루터와 칼빈에 의해서 열매를 맺었습니다. 모어가 흘린 순교의 피는 가톨릭교회에 새로운 힘을 더하여 주었습니다.

모어가 죽고 100년이 지난 후, 그의 이름이 성도(聖徒)의

죽는 날까지 이 걸음으로

반열에 속하게 되었다는 사실은 깊이 음미해볼 만한 역사적 에피소드라고 생각됩니다.

당장 그 진리가 인정을 받지 못하는 경우도 많지만 진리는 그것 자체의 힘으로 언젠가는 인정을 받고야 말 것입니다. 그래서 진리를 위해서 사는 사람은 무슨 일에도 초조하게 생각하면 안 될 것이지만. 초조하게 느낀다는 그 자체야말로 진리에 대한 확신이 부족하다는 것을 의미합니다.

역사란 언뜻 보기에는 아무 방향 없이 물결 타고 떠도는 일엽편주—葉片舟와 같이 보이지만 역사에는 뚜렷한 방향이 있기에 사실은 그렇지 않다고 볼 수 있는 겁니다. 그러므로 진실이 마침내 허위를 극복하게 된다는 원칙이나, 정의가 결국은 불의를 쳐부수고 승리를 거두게 된다는 신념은 역사의 교훈에 기인한 것이기에 아무도 부인하거나 경시하지 못합니다.

모어는 철두철미한 르네상스의 산물이었고 특히 영국의 문예 부흥 운동을 대표할 만한 인물이었습니다. 그는 인본주의의 태두로 당대의 유럽을 풍미하던 에라스무스와도 친숙한 사이어서, 타고난 금욕적 경향에도 불구하고 성직을 택하지 않고 정계로 들어가 스물여섯의 젊은 나이에 국회의원이 되었습니다.

옳은 것을 드러내기에 일생을 두고 과감하던 모어의 특출한 기질은 이때부터 문제가 안 될 수 없었죠. 당시의 영국 왕 헨리 7세가 그의 궁중 신하들을 시켜 의원들을 매수하여 11만 3천 파운드라는 거액을 부당하게 요청했을 때, 비굴한 대다수의 의원은 왕의 뜻을 거역할 생각조차 하지 못하고 있었습니다.

그러나 젊은 모어는 태연하게 서서 그 제안의 부당성을 하도 조리 있게 지적하고 공박하여, 왕이 요구한 액수를 4분의 1로 삭감해버렸습니다. 모어의 이와 같은 행동이 헨리 왕을 불쾌하게 하였을 것은 물론이었죠. 모어는 체포되어 런던 타워에 유폐되었다가 100파운드의 벌금을 내고 겨우 석방되었습니다.

모어의 인물과 사상을 이해하기 위하여는 그의 명저 『유토피아』에 대해서 몇 마디 아니할 수 없습니다. 『유토피아』는 그의 시대에 사회악을 풍자하고 이상향의 꿈을 그려놓은 것으로 특히 생산과 분배에 있어 일종의 공산주의적 체제를 묘사하였는데, 노동시간을 제한하는 한편 취미생활의 필요성도 강조하였습니다.

남녀를 막론하고 모든 사람이 교육을 받아야 하며, 신교의 자유는 완전하게 보장되어 있을 뿐 아니라 비인도적인 행위는 일체 법으로 금지되어 있었습니다. 병원시설, 위생시설 등, 등, 오늘날 생각하면 너무나 당연한 것들을 모어는 그의 이상향에서 내세우고 있다고 하겠지만, 그의 시대에는 이런 것들이 아직은 다 꿈에 불과하였으리라.

헨리 8세가 모어를 등용하게 된 원인은 모어가 꿈을 가진 일꾼이라는 사실을 훌륭하게 보아서가 아니라, 법률가로서의 그의 탁월한 역량이 파란중첩한 당시의 영국 정계를 수습·정돈해 나가는 데 꼭 필요하다고 믿었기 때문입니다.

1529년 모어는 대법관으로 임명되었는데. 만일 헨리 왕이 루터의 종교개혁 열풍이 몰아칠 때 교황청에 대하여 맺은 충성과 순종의 언약을 계속 유지했더라면 모어도 평화롭게 고관으로 일생을 마칠 수도 있었을 것입니다. 르네상스의 훈풍을 만끽한 모어는 자연의 아름다움과 삶의 즐거움에 대해서 누구보다도 민감하였기 때문입니다.

헨리 왕과 모어 경의 관계에 금이 가기 시작한 것은 헨리가 아라곤 출신의 캐서린과 이혼해 버리려는 결심을 굳힌 바로 그때부터였습니다. 이것은 역사상의 유명한 사건으로 헨리의 형이 자녀 없이 죽어 헨리는 관례에 따라 형수를 취하였는데, 그가 바로 스페인 아라곤의 왕녀 캐서린이었습니다. 그런데 불행히도 아들이 없어 헨리는 항상 불안하게 느끼던 차에 미모의 궁녀 앤 볼레인을 사랑하게 되었죠.

 모어는 마음의 평화를 잃고 고민하기 시작했습니다. 가톨릭교회의 법에 비추어 볼 때 헨리는 도저히 캐서린과 이혼할 수 없었어요. 있을 수 없는 일이요. 있어서는 안 될 일이었습니다. 따라서 모어의 입장은 점점 더 난처하게 되었습니다.
 자기의 자리를 지키기 위해선 양심의 명령을 거역해야 하고 반면에 양심의 명령을 따르려면 그 높은 자리에서 물러나야 할 뿐 아니라 신변의 위험을 언제든지 각오해야만 했던겁니다. 이 갈등은, 제삼자의 입장에서는 비교적 단순한 것 같지만 당사자로서는 여간 어려운 결정이 아닌 것입니다.
 그는 헨리 왕을 중심으로 소용돌이치는 탁류를 냉철한 눈으로 바라보고 자신의 사임이 불가피하다는 것을 깨달았습니다. 그렇기에 지성의 뒷받침이 있는 용기는 더욱 아름다운 것입니다. 사표를 내고 집에 돌아와 그 사실을 아내에게 말하는 그의 태도는 경쾌하고 담담하였다고 합니다.

 권력의 먹구름이 태양을 가리었을 때 오직 지성 있는 사람만이 당황하지 않고 생을 영위할 계획을 착실하게 세울 수 있는 법입니다. 1년 후 그는 억울하게도 반역죄로 고발되어 재판을 받게 되었는데 독재자의 눈에는 모든 반대자가 다 역적으로 보이고, 폭군의 눈에는 인격 있는 시민이 모두 악한으로 보이는지도 모르겠습니다. 그러기에 스페인의 프랑코나 쿠바의 카스트로 같은 두목의 주변에는 소심한 아부꾼 아니면 속이 시커먼 무뢰한들만이 판을 치게 마련입니다. 후세의 사가는 추밀경樞密卿 4인으로 구성된 법정에 서서 굽힘없이 자기의 소신을 피력하던 모어의 당당한 태도를 참으로 훌륭했다고 칭찬하고 있습니다.

그는 자기에게 장차 밀어닥칠 위험은 조금도 개의치 않는 듯, 불법의 재판을 감행하는 추밀경들을 지극한 경멸의 눈초리로 쏘아보았다고 합니다.

평상시에는 큰소리를 치다가도 위급한 때를 당하면 잠잠해지는 것이 평범한 사람일진대, 그러나 비범한 사람은 태평성대에는 침묵을 지키지만 일단 비상사태가 되면 위험을 무릅쓰고 바른말을 하고야 맙니다.

그 첫 재판에서 모어가 화를 면한 것은 대중의 마음속에 차지한 그의 인기가 하도 높았기 때문인지 모르겠지만 헨리 왕은 모어의 이름을 공권박탈자 명단에서 삭제하지 않을 수 없었습니다. 이것이 본의는 아니었을망정 헨리가 왕년의 충신에게 베푼 마지막 아량이었습니다. 그러나 독재자가 반대자를 그대로 살려두고 공존한 예는 역사에서 찾아볼 수 없는 법, 모어의 최후가 임박하고 있었죠.

1534년 봄, 모어는 왕위 계승령을 준수하라는 서약을 거절함으로 또다시 위기에 직면하였습니다. 이 법령은 결국 궁녀 앤 볼레인에게서 생기는 자녀가 왕위를 계승케 한다는 내용인데, 아라곤의 캐서린과의 이혼을 불법이라고 시종여일 주장해온 모어로서는 도저히 받아들일 수 없는 것이었습니다.

국왕에 대한 충성을 맹세하는 것은 기꺼이 할 수 있으나, 교황의 권위를 폐기하는 맹세에는 동참하지 말라는 것이 그의 양심의 명령이었습니다. 그는 양심의 명령에 따라 서약을 거부하고 다시 런던 타워에 갇힌 몸이 되었습니다.

모어는 이미 병든 몸이었고 육신을 유지하기가 고통스러운 처지였습니다. 그러나 그의 정신만은 변함없이 쾌활하여 조금도 굴하는 빛이 없었습니다. 하루는 그의 아내가 찾아와, 서약을 하고 다시 자유의 몸이 되어 달라고 애원하였을 때 모어는 이렇게 대답했습니다.

"이 집도 내 집 못지않게 천국에 가까운 게 아니요?

Is not this house as nigh heaven as mine own"

감옥에 있으나 집에 나가 있으나 폭정에 시달리며 살기는 마찬가지 아니냐는 뜻으로 이 말은 새겨야 옳을 것입니다.

그는 옥중에서도 계속 아내와 딸들에게 "사람은 내세를 바라보며 살면서도 즐거울 수가 있다"고 편지를 써 보냈는데 그 사실이 알려지면서 서신 왕래마저 거부되자 그는 자기 감방의 덧문을 아주 닫아버렸습니다.

　터무니없는 증거를 토대로 모어는 국가모반죄로 기소되었습니다. 쇠약하고 병든 몸을 이끌고 웨스트민스터 홀 재판정에 나와 앉은 그는 자신의 모든 허위 날조된 죄목이 다 사실과 어긋난다고 위엄있는 태도로 부인했으나 유죄로 판결되어 타이번에서 교수형을 당하게 되었습니다.　5일 후 무슨 생각에서인지 헨리 왕은 처형의 방법을 교수형에서 단두대로 바꾸었습니다. 1535년 7월 7일 타워 홀에서의 모어의 최후의 장면은 장엄하고도 감격스러웠습니다.

　그는 단두대 계단에서 형리를 향해 이런 농담을 했습니다.

　"내가 저 꼭대기에 무사히 올라가는 것까지는 자네가 맡아주게. 그러나 거기에서 내려오는 문제는 내가 맡기로 하지."

　그는 사형집행관에게 농담을 걸며 두려움 없이 자기의 직책을 말할 수 있는 마음의 여유를 가졌습니다. 그러고 나서 옥중에서 기른 긴 수염을 쓰다듬어 단두대의 칼날을 피하게 하면서 "이 수염은 반역죄를 범한 일이 없으니까"라고 하였습니다. 그의 마지막 기도는, "하나님이시여, 우리 국왕에게 홀륭한 보필을 보내주옵소서" 하는 것이었습니다.

그가 처형된 소식은 전 유럽을 놀라게 했습니다. 그가 비명에 죽은 지 꼭 400년이 되던 1935년 가톨릭교회는 그를 성자로 모시게 되었으니 역사는 허무한 것 같으면서도 허무하지 않은 것이요, 인생은 무가치한 것 같으면서도 무한한 가치를 지닌 것이 아닌가!

'들을 귀 있는 자는 들을지어다'

이승만, 민주국가를 심다

나는 이 박사 개인에 대한 애국심을 한 번도 의심한 적은 없었다.
뭐니 뭐니 해도 그는 이 나라 개항 후 100년에 나타난
가장 두드러진 인물 중의 한 사람이고,
그의 인품과 능력을 따를만한 지도자가
앞으로도 그리 많이 나오지는 않을 것 같기 때문이다.

해방되고 아직 평양에 있던 때인데 시내에 나갔다가 벽보를 보니 이승만 박사가 귀국하여 민족의 단결을 호소한다는 내용의 담화문을 발표하였다는 기사가 실려 있었습니다.

그러자 곧 평양 시가에는 '매국노 김구, 이승만을 타도하라!'는 대문짝 같은 페인트 글씨가 도처에 나타나게 되었는데, 공산당의 정체를 확실하게 파악하지 못하고 있던 국민은 어리둥절하지 않을 수가 없었다. '김구와 이승만은 온 겨레가 흠모하는 애국지사요 독립투사인데, 이 자들이 어쩌자고 이따위 당치않은 구호를 내거는가?'. 민중은 점차 '북조선인민위원회'를 의심하기 시작하였습니다.

해방군으로 자처하는 소련군대는 교육 정도나 문화 수준이

말이 아니었죠. 절도·강도·강간을 저지르던 머리를 박박 깎은 어린 병졸들은 흡사 감옥에서 방금 풀려나온 놈들처럼 먹을 것에 환장해 있었고, 평생소원이 시계 한 번 차보는 것이었던지 군대 물건을 무엇이라도 빼내다 시계와 바꾸고, 바꿀 물건이 없으면 대낮에라도 행인이 차고 있는 손목시계를 빼앗기가 일쑤였습니다. 양 손목에 하나씩 시계를 차고 가는 놈을 나도 본 일이 있었으니까….

내가 살던 기림리 일대에는 밤마다 소련군 도둑이 들어, 골목에 빨랫줄을 길게 드리우고 깡통을 매달아, 어느 한 집에 도둑이 들면 그 줄을 흔들어 동네 사람들을 죄다 깨워서 불법 침입자를 격퇴하곤 했습니다.

동네 유지들이 그런 사실을 당국에 알리며 시정을 호소했더니 책임 있는 동무가 나와서 하는 말이 '우리를 해방시켜 준 군대가 그 정도의 잘못을 저질렀다고 해서 우리가 그들을 탓할 수는 없는 일'이라고 하면서 도리어 이쪽을 나무라니, "이 놈의 세상이 어찌 될 것인가?" 하고 다들 걱정이 태산 같았습니다.

그래서 이듬해 여름에 이승만 박사가 있는 남쪽을 향해 38선을 넘는 모험을 감행했습니다. 정말 빈손으로 월남하였습니다.

원산에서 멸치를 한 포대 사서 지고 고무신을 끌면서 넘어 온 까닭은 봇짐장사 청년으로 가장하기 위해서였던 겁니다. 와 보니 서울은 날마다 혼란에 혼란을 거듭하고 있었지만, 자유의 향기는 어김없이 서울 하늘의 짙은 구름 밑에 감돌고 있음을 느꼈습니다. 1948년에 총선거를 치르고 이승만 박사 는 당당히 대한민국 초대 대통령에 당선되었습니다. 조각이 완료되고, 그 명단이 발표되었을 때 우리는 크게 실망하였습 니다.

김구 선생과 김규식 박사는 왜 제외되었을까? 그 사실이 가 슴 아프기도 하고 불안하기도 하였던 겁니다. 이 대통령마저 편파적으로 나가게 되면 한반도의 고질인 사색당쟁四色黨爭은 근절될 가망이 없지 않겠는가? 대통령을 이승만이 한다면 부 통령은 김구가 하고 국무총리는 김규식이 하는 게 좋지 않을 까? 우리는 그저 단순하게 그렇게만 생각하면서 막연히 아쉬 운 느낌에 사로잡혀 있었습니다.

그 후 김구 선생은 암살당하고, 김규식 박사는 6·25의 혼란 속에서 자취를 감추고 말았습니다. 얼마나 큰 손실인가? 거 물들과 손을 잡지 못하니 자연 이 박사 주변에는 소인배, 아 첨꾼들이 들끓기 시작하여, 부정부패, 독선과 횡포가 판을 치 게 되었습니다.

이 박사를 바라보고 월남한 나였지만 점점 정이 떨어지고 실망이 커지고 마침내 그를 미워하기에까지 이르렀습니다.

부산 피난 시절의 '정치파동'이나 3선 개헌을 위한 '사사오입', 3·15의 부정선거 같은 것을 용서할 국민이 누구겠는가? 그래서 4·19가 터졌고, 이 나라의 초대 대통령은 또다시 하와이로 망명의 길에 올라 불행한 최후를 마친 것이었습니다. 자유당 말기에 내가 이 박사의 정권을 증오한 것이 사실이지만 이 박사 개인에 대한 애국심을 한 번도 의심한 적은 없었습니다. 뭐니 뭐니 해도 그는 이 나라 개항 후 100년에 나타난 가장 두드러진 인물 중의 한 사람이고, 그의 인품과 능력을 따를만한 지도자가 앞으로도 그리 많이 나오지는 않을 것 같기 때문이었습니다.

사람을 잘못 만나고 부하를 옳게 쓰지 못하면 누구나 이 박사 같은 비극을 면하지 못할 것입니다. 그러나, 아무리 '인사의 장막'의 과오라 하더라도 그 궁극적 책임이 대통령 자신에게 있음은 더 말할 나위도 없는 법!,

미국과 한국의 초대 대통령을 비교해 볼 때 무엇이 다른가? 하면, 3선을 거부하면서 조지 워싱턴은 '없어선 안 될 인물이란 없는 법이다'라고 하였고. 우리 초대 대통령은 그 말을 못 했다는 그 점이 다른 것뿐입니다.

하지만 이승만의 위대한 업적이 있습니다.

조선의 만년청년이 미국으로 건너가 조지워싱턴 대학을 나와 하버드대학과 프린스턴 대학에서 학·석·박사 학위를 이수하면서 민주주의 교육을 받았습니다. 도미 전에는 배재학당에서 아펜젤러 선교사로부터 신학문을 받고 오천년 동안 잠들어 있는 조국을 개화시키려 앞장서다가 감옥살이를 했습니다.

기독교정신과 민주주의가 잠들어 있는 민중을 깨칠 수 있다는 신념이 있었기에 그가 세운 대한민국이 자유민주주의 국가가 될 수 있었다고 확신합니다.

'백성이 나라의 주인이다'는 민주주의를 배운 학생들에 의해 대통령의 자리에서 내려오게 되었다는 것이 바로 이승만의 큰 업적이라 생각합니다.

민주 투사, 장준하 형께 드립니다

형의 돌연한 죽음이 우리에게 커다란 충격을 주었지만,
곰곰이 생각하면 형은 할 일을 다 하고 가셨다 하겠습니다.
한 인간의 삶이 그만큼 보람찬 것이면 족하지
그 이상 무엇을 더 바라겠습니까?

형이 정말 가셨다는 말도 믿어지지 않고, 형이 가신 지 일
년이 되었다는 말은 더욱 믿어지지 않습니다. 형은 우리 모
두를 얼떨떨한 상태에 버려두고 지금도 어느 창문으로 우리
를 바라보시며, 그 특유한 웃음을 웃고 계신 것만 같습니다.

살아서 부지런히 우리와 어울리시던 그때나, 그 모습을 통
빌 수 없던 지나간 일 년 동안이나, 형은 보통 사람들과는 조
금 다른 그 무엇을 항상 우리에게 던져주고 계셨으니, 형은
결코 평범한 사람은 아니었습니다.

형이 〈사상계〉를 통해 국내외에 크게 명성을 떨치던 그 시
절에는 우리는 피차에 인사나 나눌 정도였지 그리 가까운 사

이가 아니었습니다. 그러나 형의 입장이 무척 어려워지고 또 내 처지도 어지간히 괴로워지면서부터 우리는 퍽 가깝게 지냈습니다. 형제처럼 서로 믿고 의지하였다고 하여도 과언은 아닐 것입니다.

남들은 형을 대단히 날카롭고 지독한 사람으로 여겼고 지금도 그렇게 생각하는 사람들이 적지 않은 모양이지만, 내가 아는 장준하는 상냥하고 부드럽고 착한 사람이었습니다. 마음도 어지간히 약한 편이었지요. 남에게 싫은 소리도 못 하는 성격이었고 더더구나 남에게 무슨 부탁을 하거나 신세를 지는 것을 질색으로 여기던 꼬장꼬장한 성미의 소유자였습니다.

지천명의 언덕을 넘은 지도 한참 된 나이에도 불구하고 어딘가 소년 같은 순박하고 순진한 데가 있었습니다. 끼니를 끓일 쌀이 떨어지는 가난 속에서도 다 떨어진 자가용 승용차 한 대를 끝까지 버리지 않았던 그 고집도 소년다운 순진함이었다고 밖에는 설명할 도리가 없습니다.

형은 가정에 충실한 남편이었습니다. 나는 형이 다른 여자와 놀아난다는 뜬소문조차도 들어본 일이 없었습니다. 형은 언젠가 나에게 이렇게 말했습니다. 자식들을 제대로 공부시키지 못해 가슴 아프다고요. 아비를 잘못 만나 아들 둘이 다

대학에 못 갔으니 민망하기 짝이 없다고 하면서, 딸이라도 대학에 보냈으면 좋겠다고 하셨습니다. 그 말을 듣고 내 마음이 뭉클하였습니다. 나랏일을 걱정하는 사람이 언제 자식 생각을 하겠느냐 하는 식의 독선형은 전혀 아니었습니다. 그러니까 물론 정치에는 부적당한 인물이었지요.

나는 한 번도 형을 정치인으로 여긴 적이 없습니다. 정치를 할 사람이 따로 있지, 어떻게 고지식한 형의 성격으로 배를 만지며 등에 칼을 대는 그런 권모술수의 명인들과 상대할수 있었겠습니까? 정당에도 들고 국회의원도 지내셨으니 정치에 손을 대지 않은 바도 아니나, 그 성격 때문에 도저히 정치의 정글에서는 형의 모습을 올바로 드러내기도 어려웠습니다. 번번이 모략의 제물이요, 중상의 희생자였습니다. 헛소리 퍼뜨리기 좋아하는 사람들은 장 아무개가 대통령이 하고 싶어 저런다 했지만 사실 형은 대통령이 되겠다는 마음한 번 먹어본 일도 없습니다.

오죽 답답하면 내가 형에게 이런 말을 했겠어요.

"계속 〈사상계〉나 붙들고 계시지 팔자에도 없는 정계 진출을 시도했다가 이 고생을 하십니까?"

〈사상계〉를 도저히 해나갈 길이 없어서 정계에 발을 들여놓았다고 변명처럼 하셨지만, 사실은 형의 마음 한구석에도 후회하는 느낌이 아주 없지도 않으셨던 같았습니다.

그러나 나는 아직도 형을 한국의 대표적 언론인의 한 사람으로 여기지, 정치와 관련해서 생각하려고 하지는 않습니다. 민주사회가 무엇입니까? 표현의 자유가 보장되는 사회이지요. 그런 의미에서 형은 언론의 자유를 위한 투쟁으로 일관하심으로 민주 대한의 기틀을 잡으려 하신 것이니 대한민국의 역사는 반드시 형의 이름을 기억하게 될 것입니다. 누가 뭐래도 자유와 민주주의가 인류 역사의 방향이라는 사실만은 의심의 여지가 없습니다. 그토록 엄연한 사실을 의심하게 만드는 데는 바로 우리 현실의 커다란 잘못이 있습니다.

형의 돌연한 죽음이 우리에게 커다란 충격을 주었지만, 곰곰이 생각하면 형은 할 일을 다 하고 가셨다 하겠습니다. 한 인간의 삶이 그만큼 보람찬 것이면 족하지 그 이상 무엇을 더 바라겠습니까? 형을 미워하던 사람들조차도 내심으로는 형의 강직한 자세에 항상 경의를 표하고 있었습니다. 생각하면 그들의 마음이 더욱 허전할 것 같습니다.

종로를 지날 때마다 형의 모습이 한층 절실하게 그리워집니다. 감색 아래위를 단정히 입으시고 타이조차도 검은 것을 맸으나 셔츠는 언제나 흰 것이었습니다. 그 단정하고 단단하던 모습이 무한히 그립습니다.

산 사람 입에 거미줄 치겠습니까? 우리도 이럭저럭 먹고 살면서 민주주의가 꽃필 그 날을 위해 꾸준히 일할 것입니다. 하는 데까지 해 보는 것뿐이지요. 성공은 무엇이고 실패는 또 무엇입니까? 그런 것도 이제는 잘 모르겠습니다. 다만 가던 길을 계속 열심히 가보려는 집념과 정성이 있을 뿐입니다. 그러나 이럭저럭 우리도 형 계신 곳으로 가게 되겠지요. 다만 시간문제입니다.

성경에도 의인의 자손은 굶어 죽는 일이 없다고 하였으니, 아들·딸 염려랑 마시고, 계속 조국의 민주주의를 위해 길잡이가 되소서.

무한한 휴머니즘의 발로, 간디의 저항

큰 꿈과 확고한 신앙을 가지고 압제당하는 대중에게
인간의 존엄성을 깨우쳐 주며 삶에 대한 의욕을 불어 일으킬 뿐 아니라
독립을 쟁취하는 혁명의식을 고취한 무서운 지도자는 없었다.

현대사를 장식하는 수많은 지도자 가운데 간디는 독특한 위치를 차지하고 있는 사람입니다. 시들고 꼬부라진 작은 몸집은 누구의 눈에나 초라하게 비치지만 이 노인처럼 큰 꿈과 확고한 신앙을 가지고 압제당하는 대중에게 인간의 존엄성을 깨우쳐 주며 삶에 대한 의욕을 불어 일으킬 뿐 아니라 독립을 쟁취하는 혁명의식을 고취한 무서운 지도자는 없었습니다.

간디의 오래고 끈질긴 싸움은 남아프리카에 거주하는 인도인들을 어둠과 괴로움에서 해방시키려는 노력에서 비롯된 것이지만, 머지않아 그는 신생 인도의 예언자로 추앙되었고, 자유를 갈망하는 수억 피압박 민족의 가슴 속에 거룩한 영웅

으로 부각되었습니다.

미국 민권운동의 기수로 크게 활약하다 흉탄에 쓰러진 마틴 루터 킹도 그의 혁명의 이론을 간디에게서 배웠다고 밝힌 바 있습니다.

그는 인도의 명문 출신으로 4년 동안이나 런던에서 공부하고 변호사가 되어 인도로 돌아왔습니다. 그가 남아프리카의 중요한 소송사건을 담당하고 떠날 때는 1년 이상 머무를 생각이 없었지만, 그곳에서 동족이 당하는 천대와 참상을 목격하고 거기서 20여 년을 어쩔 수 없이 투쟁 속에서 보내게 된 것이었습니다.

프레토리아로 가는 차 중에서 분명히 1등 차표를 들고도 1등 칸에 앉을 수 없다고 호령하는 차장과 간디는 맞서서 싸우는 도리밖에 없었는데 그는 끝까지 굽히지 않고 "내 발로 걸어서 나가지는 못하겠다."고 버티므로 힘센 차장이 끌어내렸다고 하는데 그것이 간디의 위대한 특색인 것 같습니다.

비폭력, 무저항은 결코 약자의 무기가 아니고 오히려 무서운 정신력을 가진 용사들만이 표방할 수 있는 행동 강령입니다. 이 사건 때문에 간디가 무수히 구타를 당하였다는 것은 널리 알려진 사실입니다.

간디는 인간의 숭고한 정신의 힘이 대포나 기관총이나 탱

크보다 몇 천 배 강력하다는 것을 여실히 보여준 역사의 산 증인입니다. 그는 이 정신의 힘을 근거로, 각종 투쟁방안을 연구하여 끝까지 싸우되 영국 사람을 미워하지 않고 영국 사람의 편견과 교만과 횡포를 미워하였습니다.

백인을 미워하지 않고 백인이 가진 부당한 우월의식을 미워하였습니다. 그것이 간디의 위대함이었습니다.

그 점이 간디를 20세기에 호흡한 인간 중에서 예수 그리스도에게 가장 가깝던 인물로 받들게 하는 것입니다.

그는 과연 원수를 사랑하려고 애쓴 사람이 아닌가!

힘의 논리와 힘의 윤리

오늘의 정치권력 치고 '마키아벨리' 아닌 것이 어디 있는가?
우리가 찾는 것이 행복이라면, 양심 없이 참된 것 없고,
참된 것 없이 아름다움이 있을 수 없다.
양심 있는 사람, 마음이 청결한 자만이 하나님을 볼 수 있다면,

정치권력에 대한 과학적 분석이나 학문적 연구는 르네상스 이후에 대두된 새로운 현상이었습니다. 정치가 과학이 될 수 있다는 하나의 가능성뿐 아니라 정치야말로 과학이 될 수밖에 없다는 하나의 필연성을 강조한 사람은 이탈리아의 정치 이론가 니콜로 마키아벨리였습니다.

1512년 메디치 가문에서 플로렌스의 정권을 장악하기까지, 마키아벨리는 상당한 기간 정부 고관의 자리에 앉아 권력의 이면을 샅샅이 뒤지며 정치라는 곡예의 비결을 익히고 터득할 충분한 기회를 얻었습니다.

탁월한 기회주의자의 천품을 지니고 태어났던 그는 유배되어 시골에 묻혀 있으면서도 정치적 권력에의 동경을 버리

지 못해, 그의 이론을 책으로 엮은 후 그 책을 당대의 지배자인 메디치에게 바쳤습니다.

그 책 이름이 『군주론』. 당대의 지배자는 이 책에 대해서 별다른 반응을 보이지 않은 것 같습니다. 그렇지 않다면 『군주론』의 출판이 근 20년이나 지연되지 않았을 것입니다. 그는 중세적 용어로써 권력을 설명하려 하지 않았습니다.

그에게는 이탈리아의 통일과 부강이 가장 위대한 꿈이었기 때문에 그 꿈을 실현하기 위해서라면 무엇을 희생시켜도, 좋다고 믿었던 것입니다. 국가의 복지를 위해서는 무슨 일이라도 정당화되는 것이니 마키아벨리즘이라는 말이 목적을 위하여는 수단과 방법을 가릴 필요가 없다는 말과 같은 뜻으로 쓰이게 되었을 것입니다.

권력에 대한 이해가 중세적인 신학적 범주에서 완전히 탈락되고 만 것입니다. 모든 권세는 하나님에게서 왔다는 성서적인 주장은 정치적 권력의 신비성이나 존엄성을 시인하는 입장에서가 아니라, 우매한 민중을 농락하기에 유효적절한 가르침으로 역용되는 비극도 피할 수 없게 되는 것입니다.

좌우간, 권력은 신화의 베일을 벗고, 물질주의적 차원에서만 다루어지게 되었습니다. 이제부터 권력은 신학적 도덕의 산물이 아니고, 물리학적 역학의 산물이 되었습니다. 과학은 본질상 도덕이나 윤리를 문제 삼지 않는 것입니다.

그 후 100여 년이 지나 영국의 철학자 토머스 홉스가 『리바이어던』을 저술함으로 권력에 대한 과학적 분석은 체계화된 셈이죠. 홉스도 마키아벨리의 전통을 이어 인간의 본질은 선 한 것이 아니라고 규정하고, 사람이란 이기적이고 야만스러울 뿐 아니라 피차에 싸우지 않고는 존속하지 못하는 불행한 존재이므로, 인간사회는 항시 무정부 상태로 전락할 위험을 내포하고 있다고 주장하면서 평화와 질서를 위해서 사람들이 합의하여 어떤 권력의 주체를 형성하게 되므로 주된 수임자는 절대권을 행사할 법적 근거를 가지게 되는 것이라고 풀이하였습니다.

다만, 세자르 보르기아 같은 테러리즘의 화신을 가장 위대한 지도자의 전형이라고 믿었던 마키아벨리와는 달리 홉스는 백성을 보호할 신성한 책임을 망각한 군주는 민중의 반란으로 말미암아 쫓겨날 수밖에 없다는 사실을 암시하고 있습니다. 부도덕한 군주를 몰아낼 권한을 민중이 지닐 수 있다는 가능성의 시사로 말미암아 홉스는 정치권력에 대한 전통적인 이해가 조만간 무너지게 되는 조그마한 구멍을 뚫어놓은 셈입니다.

마키아벨리나 홉스에게 정치는 종교와 분리되어야 할 뿐 아니라, 공공생활은 도덕적 기준이 절대로 같을 수가 없는 것으로 되었습니다.

제정이 일치되던 시대에는 공사를 막론하고 군주니 지배자는 선을 권장하고 선을 몸소 실천할 수 있어야 이상적이었는데 선에 대한 개념조차도 뒤집힌 마키아벨리 이후의 정치권력은 윤리와는 인연이 낸 것으로 간주하게 되었습니다.

'목적은 수단을 정당화 한다'는 사탄 같은 말을 인간의 정치의식 속에 불어넣은 악한의 괴수처럼 마키아벨리는 오늘도 계속 선남선녀들의 비난을 받고 있지만 그것은 너무나도 부당한 일입니다.

그 말이야 누가 했건 오늘의 정치권력 치고 '마키아벨리' 아닌 것이 어디 있는가? 말입니다. 목적을 위해 (대부분의 경우에는 특정한 정권을 유지하는 것이 유일무이한 목적이긴 하지만) 수단을 가리는 권력이 과연 얼마나 되겠습니까?

잔인무도가 정권 유지에 도움만 된다면 훌륭한 무기로 쓰일지 모르겠지만 군주가 그의 백성을 하나로 묶어 권력에 복종시킴으로써 무질서와 유혈을 미연에 방지할 수만 있다면 가혹한 수법으로라도 소수의 불평분자를 쳐 죽이는 것이 오히려 칭찬할 만하다는 결론에 이릅니다.

마키아벨리는 "노골적으로 사랑보다는 공포를 택한다. 사랑의 대상이 되는 것과 공포의 대상이 되는 것이 동시에 가능하지 않을 때, 공포의 대상이 되는 것이 사랑의 대상이 되는 것보다 낫다"는 주장을 합니다.

요새도 불신이라는 말이 많이 나도는데 『군주론』의 저자처럼 국민을 불신한 사람도 드물 것입니다. 인간이란 '감사할 줄도 모르고, 항상 들떠 있을 뿐 아니라 거짓되며, 비겁하며, 탐욕스럽고, 위급할 때에는 등을 돌려대는 믿을 수 없는 존재'라고 아주 시니컬하게 꼬집고 있습니다. 그러니까 이런 민중을 상대로 정권을 유지해 나가려면 기만, 위선, 위증 등은 필요불가결의 수단·방법이 되는 것 아닙니까?

그렇다면 현실 세계의 정치 도의의 타락을 운운한다는 것부터가 상식의 영역을 벗어난 일인지도 모르는 일입니다. 오늘의 정치들도 결국 따지고 보면 마키아벨리즘의 재탕 또는 보강에 불과한 것입니다.

정치와 윤리를 완전히 떼어놓은 채 우리는 이 역사의 현실에서 인류가 고민하는 불행한 모습을 보게 됩니다. 권력의 후광을 제거하는 노력을 높이 평가하지 않을 사람은 없겠지만 그 노력이 인간의 양심이나 인간과 인간이 서로 믿고 살면서 누리고자 하는 행복마저 파괴할 권한은 없다고 믿는 것입니다. 우상의 파괴가 반드시 우상이 상징하던 정신세계의 아름다운 것들, 선한 것들을 모조리 때려눕혀도 좋다는 뜻은 아니겠지요.

문제는 행복에 있다는 것입니다.

인류의 모든 노력의 궁극적 목적은 행복을 창조하는 데 있는데 최대다수의 최대 행복이면 꼭 좋겠지만 최대다수가 행복할 수 없다면 한 두 사람만 행복하게 하고 나머지는 모조리 불행의 웅덩이로 쓸어 넣어야 마땅하다는 논리는 더욱 부당한 것입니다.

그러면 정치권력의 상습적 횡포를 무엇으로 막을 수 있을까요? 보다 높은 차원에서 정치권력의 수임자들은 양심적이어야 합니다. 신앙이 양심을 만드는 것이 아니라 양심이 신앙을 유도하는 것. 그것은 하나의 예술입니다. 양심을 가지고 산다는 것은 그것 자체가 화려하리만큼 아름다운 예술입니다. 마키아벨리처럼 인간의 본성을 야비하게 보고 그 위에 정치권력을 구축할 수도 있지만 그것이 여간 불행한 사태가 아니라는 것은 『군주론』 이후 4세기의 정치 현상이 여실히 증명하고 있습니다.

우리가 행복하지 못한 까닭은 정치지도자들이 아직 민중은 양심 생활을 할 수 없다는 주제넘은 판단으로 정치권력 자체를 양심 없이 다루고 있기 때문입니다.

영국 시인 존 키츠가 밝힌 대로 'Beauty is truth, truth is beauty'를 확실하게 보는 사람들이 이 정치의 일선에 나서야 하는데 그날이 가까운 것 같은 야릇한 착각에 사로잡히게 됩니다.

우리가 찾는 것이 행복이라면, 양심 없이 참된 것 없고, 참된 것 없이 아름다움이 있을 수 없습니다. 양심 있는 사람, 마음이 청결한 자만이 하나님을 볼 수 있다면, 그들 아니고는 이 땅을 아름답게 만들 사람이 아무도 없기 때문입니다.

이완용 생각, 역사의 심판

자기 개인의 영달을 위해서 못된 짓을 하고 잘한 듯이 꾸며도,
역사는 그의 죄악을 반드시 파헤치고 정죄하고야 말 것이다.
제일 무서워해야 할 것이 역사의 심판이라고 믿는다.

우리나라의 대백과사전에서 이완용이라는 항목을 찾아보
면 먼저 '한일합병을 주장한 원흉'이라 하였고 '합방 때 전권
대신으로 조인한 매국노 또는 역적으로서 그 후에 일본 후작
을 받아 귀족으로 생활하였다'라고 기록되어 있습니다.

그는 20여 세에 이미 문과에 급제한 후 주미공사, 주일공
사 등 요직을 역임한 것을 보면 머리가 좋은 사람, 꾀가 많은
사람, 똑똑한 사람이었던 같습니다.

나라와 민족을 사랑하고 아끼는 마음인들 전혀 없기야 하
였겠는가? 생각하면서 주권을 일본에 완전히 맡기는 것이
'나라 사랑의 길'이라고 그는 자기 나름으로 확실하게 믿고
있었을지도 모른다는 판단이 서기도 합니다.

그런데 역사는 그를 훌륭한 사람으로 보지 않았습니다. 역사는 그를 죄인으로 단정하고 절대로 용서받지 못할 매국노라고 낙인을 찍어 놓았을 뿐 아니라 앞으로 정권이 수백 년 바뀌어도 설사 그의 후손 가운데 대통령이 나더라도 이완용이 한국인으로서 못 할 짓을 하였다는 역사의 단정을 뒤엎을 수는 없을 것입니다.

어째서 그를 역적이요 매국노라고 하나?

그 이유를 요약한다면 그의 한일합병 추진의 동기가 극히 개인적이요, 이기적이요, 비양심적이었기 때문입니다. 한국이 사는 길이 그 길밖에 없다고 그는 믿었기 때문에 그렇게 하였다고 가정하더라도 그가 합병이 성공한 후 왜 일본으로부터 후작이라는 높은 귀족의 신분을 얻고 호화스럽게 생활을 했을까? 반문해 봅니다.

그것은 변명의 여지가 없는 잘못이며 그 잘못 때문에 그는 영원히 한국 역사상의 저주받은 인물로 남아 있습니다. 어떠한 거룩한 사업이건 개인의 영달이 뒤따르면 다 지저분하게 여겨지는 법인데 그처럼 부끄러운 일을 저지르고 나서 부귀와 공명을 누리게 되었으니 역적이 안 될 수 없을 것입니다.

우리는 남이 행한 동기를 일일이 의심할 수 없을뿐더러 좋은 뜻으로 한 일이 이외에도 좋지 못한 결과를 가져오는 일도 없지 않음을 보아 왔습니다.

성경은 우리에게 열매를 보고 그 나무를 안다고 가르쳐주는데 무슨 말인가? 하면, 말은 번지르르하게 하고 그럴듯하게 꾸밀 수는 있어도 그 행동은 다른 것으로 바꿔치기 하지 못한다는 뜻입니다. '콩 심은데 콩 나고, 팥 심은데 팥 난다'는 우리 속담이 있듯 "씨는 뿌린 대로 거두게 마련이다"는 진리인 것입니다.

국가와 민족을 살린다고 큰일을 저지르는 사람들이 우리 주변에 있습니다. 그들이 그 일에 성공하고 나서 과연 국가와 민족을 염두에 두고 항상 겸손하고 경건하게 사는지가 가장 중요한 것입니다. 자기 개인의 영달을 위해서 못된 짓을 하고 잘한 듯이 꾸며도, 역사는 그의 죄악을 반드시 파헤치고 정죄하고야 말 것입니다.

제일 무서워해야 할 것이 역사의 심판이라고 믿습니다.

권력은 이성을 마비시킬 가능성이 농후하기 때문에 권좌에 앉거나 그 주변에 눌어붙어 어지간히 큰 감투 쓰고 거드럭거리기 시작하면 아무리 장원급제한 뛰어난 선비라고 하여도 지성인의 자리를 지키기는 어렵습니다.

그렇다면 누가 지성인인가? "그 해답은 명백하다" 하겠습니다.

PART 4.

지성이란
무엇인가

권력이 태양을 가린 어둠의 계절

입을 닫고 가만있으면 자기 한 몸이 편한 것은 사실이지만
나라는 그 어두움을 헤어나지 못해 파탄 나고 말 것이니….

고혈압에 걸려서 비명횡사한 역사적 인물들의 증세를 분석 요약하면,

① 나는 무엇이나 할 수 있다無所不能·무소불능.

② 나는 무슨 일에도 잘못을 범하지 않는다絕對無誤·절대무오.

③ 나를 아무도 건드리지 못한다神聖不可侵·신성불가침.

그러므로 이와 같은 조목에 반대되는 무슨 발언이나 주장이 이 고혈압 환자에게는 치명적입니다.

① 당신도 할 수 없는 일이 많다.

② 당신도 잘못이 많다.

③ 당신도 타락할 가능성이 농후한 일개 인간에 불과하다.

죽는 날까지 이 걸음으로

이런 말을 들을 때 속이 뒤집히고 따라서 환자의 병세는 악화하기 마련입니다.

역사상 독재자라 불리는 인간들은 따지고 보면 여간 비겁한 사람들이 아닙니다. 그네들은 건강상태 때문에 불가불 비겁하게 되지 않을 수 없는 것입니다.

진시황으로부터 모택동에 이르기까지 독재자가 자기 생명을 보전하기 위해 채택하는 처방은 한결같습니다. "언론의 자유를 박탈하면 된다. 자기 하는 일을 비판하거나 반대하는 사람의 입을 봉쇄하고, 찍소리도 못하게 하면 된다"고 하는데 도대체 이게 뭡니까. 그러므로 한 사회 또는 한 국가의 건강상태를 진단하기 위해서는 그 사회나 국가에 어느 정도의 언론자유가 허용되어 있느냐를 알아보면 그만입니다. 근자에 미국을 악평하는 사람들이 많아졌습니다.

혼란하고 무질서하여 도저히 자유세계를 영도해나갈 자격을 상실하였다고 개탄하는 인사들도 적지 않지요. 그러나 나는 다른 어떤 나라도 따라갈 수 없는 미국의 실력이 바로 거기에 있다는 걸 잘 알기에 그렇게 생각하지 않습니다. 언론의 자유를 백 퍼센트 허용하고도 저만치 유지되는 나라는 언론의 자유를 일절 허락하지 않고 국력을 자랑하는 러시아나

중국보다 수백 배 강한 나라가 아닌가! 만약 그네들이 언론의 자유를 허용한다면 그 시각에 여지없이 무너지고 말 것입니다. 그만치 사회의 기반이 취약하고 지도자의 심신이 병들어 있는 것입니다.

그 나라에서 지식인이 어느 정도로 언론의 자유를 누리고 있느냐가 중요한 문제라고 생각합니다. 밥 먹듯이 신문을 폐간 처분하고, 정부 시책에 반대의견을 가진 사람은 모조리 잡아 가두고, 그래서 무슨 눈부신 건설을 하였다 하더라도 자랑할 것은 못 됩니다.

왜? 독재자의 권력 구조가 무너지는 것과 동시에 그 사회 전체가 걷잡을 수 없는 수라장으로 화하여 이룩하였던 모든 것이 하루아침에 완전히 무너져 폐허가 되는 광경을 우리는 역사 속에서 거듭 목격하지 않았는가! 하는 것입니다.

권력자가 독재로 몸을 가다듬고, 국민의 말하는 자유, 글 쓰는 자유를 일절 거부할 때, 다시 말하면 포악한 힘이 억지로 태양을 막아 대중의 생활이 어둡고 답답할 때 일이 그렇게 되어서는 안 된다고 깨달은 지성 있는 인간은 과연 어떠한 태도를 취해야 옳은가?

그저 '굿이나 보고 떡이나 먹자' 하는 식으로 입을 닫고 가만있어야 하는가. 아니면 자기가 옳다고 믿는 바를 주장하다가 돌에 맞고 칼에 찔려 쓰러지는 한이 있어도 과감하게 나가야 하는가? 이 말입니다.

옛글에 보면 자장子張이 말하기를, '토견위치명 견득사의士見危致命 見得思義'라고 하였으니 뜻있는 사람은 위기에 처하여 목숨을 다 바쳐야 하고 이득이 보일 때에는 의로운가 아닌가를 생각해 보아야 할 것입니다.

입을 닫고 가만있으면 자기 한 몸이 편한 것은 사실이지만 나라는 그 어두움을 헤어나지 못해 파탄 나고 말 것이니 깨달은 자는 죽을 각오를 하고 횃불을 높이 들어 어두움을 밝혀야 합니다.

이래도 저래도 사람은 한 번 죽는 것이니, 값있는 죽음의 자리를 발견한 사람은 복 있는 사람이 될 것입니다.

빛은 왜 사라졌는가? - 암흑시대의 지성인

권력이 횡포를 감행할 때 태양은 가려지게 마련이다.
어째서 권력은 태양을 가리면서까지도 횡포를 자행하는가?
그 권력을 쥔 사람은 그것을 횡포라고 부르지 않고
부득이하다고 변명한다.

어두움은 왜 있는가? 빛이 사라졌기 때문입니다.

그러면 왜 빛이 사라졌습니까? 권력이 그 빛을 가로막았기 때문입니다.

먹구름이 꽉 하늘을 덮으면 백주에도 세상은 캄캄할 수밖에 없고 지척을 분간하기도 어렵습니다. 그렇게 되면 오고 가는 사람들의 표정들이 기쁜지, 슬픈지, 아파하는지, 괴로워하는지 도무지 분간할 도리가 없습니다.

힘은 올바르게 행사하면 참 좋은 것입니다. 그 힘으로 강물의 흐르는 방향을 바꿀 수도 있고, 산을 헐고 큰길을 낼 수도 있고, 개천을 메우고 높은 집을 지을 수도 있습니다. 그렇

죽는 날까지 이 걸음으로

게 본다면 인간의 문화란 별 것 아닙니다. 옳게 사용된 힘의 결정이라 하겠습니다.

금권이나 교권이나 정권이나 다 힘이라는 점에서는 같은 것인데, 오늘날 우리가 즐기는 문명 생활은 그 힘의 혜택을 무한히 받은 결과물입니다. 돈이 있어 개인이나 집안을 망치는 자들이 많습니다. 그러나 록펠러, 카네기, 포드 같은 갑부는 그 돈의 힘을 가지고 인류 문화에 큰 공헌을 하였습니다. 교회의 주도권이 자기 수중에 있는 것을 기회로 교황 알렉산더 6세는 온갖 부정부패를 자행하여 악명이 자자했으나, 그레고리 1세 같은 성스러운 교황은 그 교권을 가지고 로마교회의 영광을 유감없이 드러냈습니다.

네로황제나 히틀러는 정권을 악용하여 무수한 백성의 생명을 희생의 제물로 삼았으나 글래드스턴이나 링컨 같은 선한 지도자는 자기에게 부여된 권력을 겸손한 마음으로 행사하여 역사의 방향을 바로 잡을 수 있었습니다. 권력이 횡포를 감행할 때 태양은 가려지게 마련입니다.

그러면 어째서 권력은 태양을 가리면서까지도 횡포를 자행하는가? 그럴싸한 이유는 으레 붙어 있습니다. 권력을 쥔 사람은 그것을 횡포라고 부르지 않고 부득이하다고 변명합니다.

'그러지 않아도 될 텐데 왜 그르느냐?'고 반문하면 권력자는 주먹질하며 '입 닥쳐라'라고 소리를 지르죠. 차근차근 설명해줄 만한 마음의 여유가 없기에 무슨 말이나 귀찮게 여기고 버럭 화를 내면서 말입니다.

이쯤 되면 제정신이 아닙니다. 술 취하는 것, 권력에 취하는 것, 취하기는 매한가집니다. 히틀러, 도죠東條, 무솔리니가 막바지에 가서는 그야말로 발광을 했는데 다 제정신이 아니었습니다.

스탈린은 그의 비밀경찰의 두목 베리야를 시켜 2백만을 처치했다고 합니다. 사람이 제정신을 가지고야 그럴 수가 있을까? 6·25전쟁을 일으켜 많은 동족의 피를 흘리고 막대한 재산을 불태워버린 김일성이 결코 제정신을 가진 사람은 아닙니다. 권력에 취하여, 그 막바지를 향해 달려가는 사람의 병은 고혈압에 비유할 수 있습니다. 고혈압은 사실 중병이지만 밖으로 보기에 아무렇지도 않게 보입니다. 펑펑하고 혈색이 좋아서 건강한 사람으로 통하는 경우가 많지만 의사는 그에게 절대 안정을 당부합니다.

항상 듣기 좋은 말만 듣고 칭찬 속에 파묻혀 살아야 겨우 유지되는 건강이기 때문입니다. 보통 사람은 듣고 그냥 넘길

수 있는 말도 이 환자에게는 끝없이 흥분을 촉진하는 위험한 결과를 가져오는 경우도 있어서 사실 본인에게는 큰 불행이 될 수도 있는 것입니다.

1984년, 대학생의 고민

애국하고자 하면 낭만이 죽어야 했고,
낭만을 바라면 애국은 버려야 했습니다.
이렇듯, 이래저래 기형적으로 변한 것이 한국의 대학입니다.
대학생의 고민을 덜어주는 유일한 길은
낭만과 애국을 동시에 실현하는 새로운 대학을 만드는 데 있습니다.

1984년, 한국은 대학에 들어가기가 하늘의 별 따기였습니다. 그렇게 어렵게 들어간 대학이 나오기는 쉬웠습니다. 그렇다면 한국의 대학교육은 대학 들어가기 전에 이미 끝나버렸다는 말이 되겠죠.

대학에 들어가는 문이 좁다는 것이 결코 좋은 일이 아니고 피나는 경쟁이 반드시 사람에게 유익한 것은 아닙니다. 대학에 들어가기가 하도 힘이 드니까 들어가고 나서는 공부에 대한 취미나 흥미를 잃어버리게 됩니다.

대학에서 학생들이 시험을 칠 때 커닝을 많이 하는 때가 일찍이 없었다고 합니다. 왜 이 지경에 다다랐는가? 공부는 하기 싫고 졸업은 해야겠으니 부정행위밖에는 방법이 없는 것이었죠. 그 뿐 아닙니다. '졸업정원제'라는 괴물이 나타나 학생들을 노려보고 있는데 물론 이런 제도를 생각해 낸 사람은 이것이 공부 안 하는 사람들을 공부하게 하는 방편이라고 믿어서 그렇게 했겠지만 하나만 알고 둘을 모르는 처사였습니다. 그렇게 한다고 공부를 하나?

옛날에는 학생들끼리 서로 강의 노트를 빌리기도 하는 '미풍양속'이 있었는데 저마다 한 점이라도 더 따내야 탈락을 면하게 되므로 야비한 전략도 강구하게 마련이었습니다. 노트를 빌려주지 않는 것뿐 아니라 남의 노트를 훔쳐 가고 시험 때에도 돌려주지 않는다니 노트 잃은 학생은 시험 준비를 못하고 곤경에 빠지게 됩니다. 이런 꼴을 보고 웃어야 하나, 울어야 하나? 그래도 대학 시절에 친구를 얻고 동지를 만들고, 장차 세상에 나가 세상을 바로잡을 꿈을 꿔야 하는 법인데 대학 사회라는 게 이런 식으로 굴러가니 이 나라의 장래가 한심하구나!

그동안 대학 캠퍼스에 너무도 자유가 없었고 자율이 없었습니다. 위에서 시키는 대로만 해야 하는 대학이 어디 대학인가요? 소학도 중학도 그래선 안 되는 일이거늘, 명색이 대학이라는 걸 세우도록 허락해 놓고 사사건건 하나도 돕는 것은 없고 방해만 하니, 그런 교육부 당국의 감시와 간섭과 제재를 받아가면서 대학이 올바르게 성장하기를 바랄 수는 없는 노릇이었습니다.

사립과 공립 또는 국립이 다르다는 것조차 모르는 사람들. 국공립이야 나라에서 돈을 대는 교육기관이니 정부가 마땅히 보호하고 지도하고 육성할 책임이 있다 하겠지만 사립학교야 모름지기 그 학교를 설립한 사람의 설립 취지를 따라 운영돼야 할 것이 아닌가요? 사립대학에는 동전 한 푼 도와주는 것도 없으면서 일일이 이래라저래라하니 어느 뜻있는 사람이 개인의 재산을 털어 학교를 시작할 마음이 생기겠는가 말입니다.

꿈이 없는 부모 밑에 자란 꿈이 없는 젊은이들, 그나마 대학에라도 오면 찾지 못하고 잡지 못한 그 꿈을 키울 수 있어야 하는데 우리의 현실은 그렇지가 못하구나!

대학에서 가르친다는 사람들도 좀 뉘우치는 바가 있어야 합니다. 말끝마다 '대학의 존엄성'을 이야기하면서도 그것을 막상 지켜야 할 고비에서는 이 핑계 저 핑계 대면서 꽁무니를 뺍니다. 지켜야 할 것을 지키지 못하면 사람은 자존심을 잃게 마련입니다. 자존심도 없는 사람들이 대학에서 후진을 가르친다는 것은 무리한 일이요 안될 일입니다.

'어느 대학'에 못 다니는 젊은이는 그 누구도 긍지와 자부심을 품고 대학에 다닐 수가 없는 이런 대학 간의 격차는 누가 이렇게 만들었는가?

 물론 '관'을 숭상하고 '민'을 업신여기는 이 나라에 뿌리 깊은 그 고질이 있어서 그렇게 되었다고는 하지만 해방 후에 그 병을 고치지 못한 책임이 조상만 탓해서 어디 될 일인가? 조상이 잘못했으면 우리 대에 그것을 고쳐야지, 한술 더 떠서 이 꼴을 만들다니 부모에게도 책임이 있고, 고등학교 선생들에게도 책임이 있습니다. 공부 잘하는 학생들은 우선 죄다 어느 한 대학으로 몰아 보내고, 성적이 그만 못한 학생들을 순서대로 배정합니다. 그래서 순위가 생긴 것뿐 아니라 아주 굳어졌습니다. 이 그릇된 관념을 뜯어고치기가 여간 어렵지 않았습니다. 세월이 갈수록 점점 굳어만 가니 도리가 없는 겁니다.

 어떤 고등학교에서는 무슨 대학에 몇 명을 합격시켰으니 얼마나 훌륭한 고등학교인가 하고 자랑하기 위해 학생의 적성이나 취미 같은 것은 전혀 고려하지 않고, 제일이라고 뼈기는 그 대학의 아주 형편없는 엉뚱한 학과에도 입학을 시킵니다. 이 학생은 그 고등학교와 담임교사의 명성을 떨치기 위해 희생의 제물로 바쳐진 것이나 다름이 없는 겁니다.

대학이야 무슨 대학이면 어떤가? 만일에 대학마다 개성만 뚜렷하게 키워 놓았더라면 젊은이의 적성에 알맞은 대학을 찾아서 가면 될 것을 어쩌자고 등급을 매겨놓고 많은 젊은이로 하여금 이러한 곤욕을 치르게 하는 건가?

애국과 낭만이 함께 있어야 대학인데 그렇지 못한 현실이 또한 애달프구나! 대대로 정권은 대학의 자율을 인정하지 않았을 뿐 아니라 대학과 학생을 골칫덩어리로 생각해 왔으니 올바른 대학의 풍토가 조성될 까닭이 없었습니다. 누르기 아니면 터져 나오기, 그런 틈바구니에서 애국하고자 하면 낭만이 죽어야 했고, 낭만을 바라면 애국은 버려야 했습니다. 이렇듯, 이래저래 기형적으로 변한 것이 한국의 대학입니다.

이 글을 쓰는 1984년, 대학의 자율화는 우리 정부의 변함없는 방침이라고 합니다. 그렇게만 되면 40년 뒤의 한국 대학은 세계의 어느 대학에 견주어 보아도 손색이 없는 당당한 대학이 될 것입니다. 이렇게 되는데 다른 약은 없습니다. 대학생의 고민을 덜어주는 유일한 길은 낭만과 애국을 동시에 실현하는 새로운 대학을 만드는 데 있습니다.

죽는 날까지 이 걸음으로

대학 생활을 어떻게 보낼 것인가?

대학 4년 동안에 꼭 익혀 두어야 할 일은 학문하는 방법이다.
학문이란 막연하게 책이나 읽어서 되는 일도 아니고,
강의실에 앉아 필기나 하고
학기말 시험이나 치러 학점이나 받으면 되는 것도 아니다.

대학을 고르는 일을 전혀 제정신 없이 하는 젊은이들이 많다. 인기 있는 학과에 지망생이 쏠리는 현상은 어찌 보면 매우 한심한 현상입니다.

대학이란 큰사람 구실 하기 위해서 젊은이 중에서 빼내고 빼낸 극히 적은 수효의 젊은이들이 가는 곳인데 그렇게 영광된 자리에 가면서까지 이해타산을 앞세우는 것은 너무 야박해 구역질이 난다. 다른 곳은 몰라도 대학만은 제 적성에 맞는 곳을 찾아서 가는 것이 원칙입니다.

적성에 맞지도 않는 학과에 들어가는 학생에는 두 종류가 있습니다. 하나는 그 과의 인기나 돈벌이 따위의 물질적인 이득만을 생각하고 자신의 적성은 전혀 헤아려 봄이 없는 사람입니다. 이런 사람은 타고난 아까운 재능을 물에 타고 술에 타는 어리석은 사람입니다. 물론 부모나 선배의 권유를 받아 마지못해 가는 사람도 없지는 않습니다. 전통사회의 어른들은 툭하면, "그런 공부 해선 밥 못 먹는다"라느니, "네 고집대로 하려면 해라. 그러나 이 아비한테서 학비를 받아 쓸 생각은 아예 말아라." 이렇게 심하게 나오는 아버지도 없지는 않습니다.

음악을 공부하겠다는 아들을 위와 같은 이유로 이공대학에 기어이 들여보내고 만 아버지가 있었습니다. 그 아들은 학교에 가지 않고 날마다 음악회나 쫓아다니고, 다방에 가서 음악이나 들으며 세월을 보내다 마침내 낙제하고 말았습니다. 2년인가 뒤에 다시 시험을 보고 음악대학의 1학년부터 다녀야 했으니 그게 얼마나 큰 낭비입니까! 그렇게 시킨 아버지도 잘못이고, 그 뜻에 순종한 아들도 잘못이었습니다.

또 한 부류의 젊은이들은 자기가 가고 싶은 학과, 적성에 맞는 학과는 너무 경쟁이 심해 들어갈 자신이 없어서 엉뚱한 과에 들어가는데, 이런 젊은이들은 애당초 긍지나 자존심이 없어서 사람 구실 하기가 어렵습니다. 그런 사람은 평생 떳떳지 못한 삶을 살다가 가게 마련이니 가련하기 짝이 없습니다. 그러나 따지고 보면 동정을 받을만한 가치도 없는 사람이다. 제가 자신을 업신여기는 것은 아무도 도울 길이 없습니다.

무슨 대학의 무슨 학과이건, 자기가 원하는 대학의 원하는 학과에 들어간 장한 젊은이들에게도 몇 마디 당부합니다. 고등학교 다닐 때 이미 공부에 하도 지쳐서 공부라면 입에 신물이 돈다는 학생들도 많습니다. 이 나라 교육의 철학이나 제도가 잘못되어 있어서 그런 것을 어쩔 도리가 없습니다. 학생들이 나서서 당장에 고쳐 바로잡을 수 있는 일은 아닙니다.

대학 4년 동안에 꼭 익혀 두어야 할 일은 학문하는 방법입니다. 학문이란 막연하게 책이나 읽어서 되는 일도 아니고, 강의실에 앉아 필기나 하고 학기말 시험이나 치러 학점이나 받으면 되는 것도 아닙니다. 학문이란 억제와 자제의 길고 고된 수련의 과정입니다. 그 수련의 기간을 거치지 않고는 누구도 학문하는 사람이라 하기 어렵습니다. 그래서 도중에 포기하는 사람도 많고, 애는 쓰지만 방법이 틀려서 단편적인 지식은 상당한 데도 지성인으로서의 구실은 하지 못하고 마는 이들도 적지 않습니다.

플라톤은 철인이 하는 정치가 가장 바람직하다는 주장을 내세워 지금도 관심을 불러일으킵니다. 자기 철학이 있는 사람, 인생관·세계관이 뚜렷한 사람이 민중을 지도해 나가야 세상이 바로 된다는 뜻이 아니겠습니까. 생각이 깊고, 그 생각의 틀이 크고 튼튼한 사람들이 실력을 행사하는 사회가 되어야만 이상적인 나라가 실현되리라던 플라톤의 꿈은 이천사백 년이 지난 오늘에도 여전히 아름다운 꿈으로만 남아 있습니다.

가장 행복할 수 있는 사람이 가장 불행하게 될 수도 있습니다. 배움의 기회란 따지고 보면, 다른 사람들의 희생의 진흙 속에서 피는 연꽃과도 같습니다. 나라 사랑의 뜻이 전혀 없는 사람이 대학교육의 특전을 누리는 것처럼 불행한 일은 없습니다. 그 사람도 그만큼 불행해지고, 나라도 그만큼 불행해집니다. 귀 있는 자는 들으라!

젊은 지성인에게

젊음을 청춘이라 한다.
'푸른 봄' 낱말로 바꾼다면 무슨 뜻인지는 알 것 같다.
이 계절의 최대의 약점은 그 기간이 지극히 짧다는 사실이다.
봄의 한 시간을 놓고 보낸 사람은 그 잃어버린 시간을 회복하기 위하여
열 시간은 땀을 흘려야 한다.

옛사람들은 젊음을 청춘이라 하였습니다. 풀이하자면 '푸른 봄'. '푸르다'는 표현이 봄에 어울리는 형용사인지 아닌지 모르나 '싱싱하다'는 낱말로 바꾼다면 무슨 뜻인지는 알 것 같습니다. 젊음은 계절 중의 봄에 해당하고 봄이 계절의 여왕이라는 사실에는 아무도 이의를 제기하지 않을 것입니다.

봄은 매우 화려한 계절이죠. 영국 시인 바이런은, 스물두 살의 청춘을 "The myrtle ivy of sweet two and twenty"라고 표현하였다. 과연 젊음의 향기가 풍기는 듯합니다.

그러나 이 계절의 최대의 약점은 그 기간이 지극히 짧다는 사실이죠. 월파 김상용은 "봄이 어른거리건 사립을 닫치리

라" 하였지만, 사실은 사립을 닫노라고 애쓸 필요도 없습니다. 사립을 닫기 전에 어른거리던 몸은 이미 가버린 것이니까요.

"복사 꽃 피면 가슴 아프다"고 읊은 시인은 있어도 그 계절이 지루하게 느껴진다고 불평하는 시인은 일찍이 보지 못하였습니다.

짧은 그 세월을 어떻게 보내는 것이 가장 바람직한가? 시간을 아끼는 수밖에 없습니다. 봄의 한 시간은 여름이나 겨울의 열 시간과 맞먹는 것 같습니다. 봄의 한 시간을 놓고 보낸 사람은 여름이나 겨울이 되어 그 잃어버린 시간을 회복하기 위하여 열 시간은 땀을 흘려야 한다는 말입니다.

비근한 예를 들어 설명해 보자면, 대학생 시절에 대개 제2외국어라는 것을 한 가지씩은 배우게 되는데 겨우 학점이나 받을 만큼만 하지 그 이상의 열심을 내는 학생은 찾아보기 어렵습니다. 그런데 외국어란 쓰지 않으면 얼마 안 가서 다 잊어버리게 되는 것이므로 그렇게 배워서는 아무 쓸모가 없습니다.

나이 40이 되어 새롭게 어학을 한 가지 배우려고 결심했다고 칩시다. "아무리 노력해도 잘 되지가 않는다. 금방 외운 단어를 금방 잊어버려 장탄식을 한다" 하면서 "대학 시절에 좀 더 철저하게 배울걸!" 했지만 때는 이미 늦은 것입니다.

열배의 노력을 더 하여도 뜻대로 되지 않는다면 매우 심각한 이야기입니다. 그런 입장에서 보면 젊은 사람들이 시간을 낭비하는 것은 죄악스러운 일이라고 느껴집니다.

둘째는 체력을 낭비하지 말라고 부탁하고 싶습니다. 오래 전에 어느 단체에서 '조국은 청년에게서 무엇을 기대 하는가'라는 제목으로 강연을 해달라는 부탁을 받고 나가 단에 서자마자 이렇게 말하였습니다.

"조국은 청년에게서 건강을 기대한다." 물론 선천적으로 체질이 허약하다든가 불의의 사고나 질병으로 건강을 잃은 젊은이들도 있지만, 대개는 체력의 한계를 모르고 무리하게 뛰다 쓰러지는 경우도 많습니다. 아마 그런 경우가 더 많을 것입니다.

담배를 줄곧 입에 물고 다니는 청년을 보면 꼭 붙잡고 한마디 일러주고 싶습니다. "흡연이 얼마나 해로운 줄 아는가"라고요, 물론 그는 "안다"고 대답할 것입니다. 그러나 그는 대강 알고 있을 뿐이지 철저하게 알지는 못할겁니다.

흡연은 무서운 병마의 가장 큰 원인이라고 의사들은 말하고 있는데 왜 그 말을 믿지 않는가. 6~7년 수명이 줄어든다는 그 악습을 왜 기를 쓰고 배우며, 그런 나쁜 습관을 왜 버리려 하지 않는가. 술도 그렇지 않은가. 고 반문하고 싶습니다.

친구들과 어울려 한두 잔 마시는 것을 탓하고 싶지는 않습니다.

그러나 "일단 술독에 빠지면 아무도 건지지 못한다. 패가망신이란 구제불능의 술꾼의 경우를 두고 하는 말이다. 불의한 세상을 보고 비분강개한 나머지 술주정꾼이 되는 사람도 있다. 그러나 그것도 잘못이다. 아무리 세상이 해괴망측하기로 독주를 마시며 몸을 버려야 할 까닭은 없지 아니한가. 이태백도 아니고 김삿갓도 아닌 주제에 무슨 영감이 떠오를 것이라 믿고 쉼 없이 마시는가?" 반문하면서 다만 한심할 따름입니다.

연애 관계도 그렇습니다. 그것도 낭비가 많은 일입니다.

앙드레 모로아가 말하지 않았는가. "똑똑한 남성은 연애보다는 일을 더 중히 여긴다"고 하였습니다. 똑똑한 여성도 마찬가지일 것입니다. 한민족의 번성과 훌륭한 후손이 태어날 수 있기를 간절히 바랍니다. 다만 젊음이 절대 낭비되지 않기를 바라면서.

누가 지성인인가

지식을 많이 쌓으면 지식인은 될 수 있지만
그러나 모든 지식인이 다 지성인이 되는 것은 아니다.
다만 지성으로 올바르게 소화된 '앎'만이 힘이 될 수 있고,
그런 '앎'에서 비롯된 힘만이 역사의 원동력을 마련할 수 있다.

지성intelligence은 반드시 교육의 소산만은 아닙니다. 대학을 졸업하고 석·박사를 다 받은 사람도 지성이라고는 한 오라기도 걸치지 못한 사람을 많이 보아 왔습니다. 반면에 초등학교도 제대로 졸업하지 못했는데도 상당한 수준의 지성을 지닌 사람들이 있는 것이 사실입니다.

지성은 다른 무엇에 앞선 이성입니다. 이성에 바탕을 두지 않은 어떤 지성도 진정한 의미의 지성일 수는 없습니다. 이성은 판단하는 힘입니다. 판단력이 박약한 사람은 지성인이 아닙니다. 지성인이라고 할 때 그 어감이 왜 다를까요?. 지식만 있지 지성이 없어서 전혀 판단력이 생기지 않는다면 말입니다.

'아는 것이 힘'이라는 말이 있습니다. 그것을 가리켜 '지식은 곧 힘'이라고 풀이한다면 곤란할 때가 많습니다. '구슬이 서 말이라도 꿰어야 보물이다'라는 속담은 지식과 지성의 관계를 설명하는 가장 알아듣기 쉬운 예화라 하겠습니다.

의견이니, 견해니, 가치관이니, 하는 것은 다 그 구슬을 꿰는 '끈'을 뜻하죠. 그것 없이는 그 많은 구슬이 알알이 굴러다닐 뿐, 삶 자체에는 아무런 도움도 주지 못합니다.

신해혁명 이전의 중국에서는 "알기는 쉽고 행하기는 어렵다"는 격언이 만고불변의 진리로 간주되어, "알기만 하면 무엇하나, 행동이 있어야지" 하는 경멸의 인사로 이어졌던 때가 있었습니다.

손문이 그렇지가 않다는 새로운 주장으로 "알기가 어렵지 행동은 어렵지 않다"고 들고 나왔습니다. 이것은 확실히 중국 역사에 던져진 새로운 키워드였습니다. 바르게 제대로 아는 사람에게 있어 행동은 조금도 어려운 것이 아니라는 말이겠죠.

"옳게 아는 사람, 즉 지성을 갖춘 사람만이 옳은 행동을 할 수 있다. 그 새로운 깨달음이 드디어 낡은 청조(淸朝)를 넘어뜨리는 새로운 힘을 마련해 주었다. 지식인이 행동하지 않는 것은 그 지식이 철저하지 못하기 때문이다. 땅의 어디라도 깊이 파면 샘물이 솟아나게 마련이다." 이런 말을 단적으로 했던 것입니다.

거듭 말하거니와 '아는 것이 힘'인 것은 틀림없는 사실이지만 그냥 알기만 해서는 힘이 되지 않고 다만 지성으로 올바르게 소화된 '앎'만이 힘이 될 수 있고, 그런 '앎'에서 비롯된 힘만이 역사의 원동력을 마련할 수 있다고 믿습니다.

지성은 또한 양심의 소산입니다. 지식이 양심과 접하여 생기는 스파크에서 우리는 지성의 반짝이는 아름다움을 볼 수 있기에 지성은 '멋'과 통합니다.

"'멋'은 '맛'이고 '맛'은 '멋'이다. '멋'과 '맛'은 하나다. '살맛'을 찾는 사람만이 삶의 멋을 누릴 수 있다. 멋이 없는 사람은 맛이 없다. 지성의 결여가 무미건조한 인간을 만드는 것은 확실하다" 하겠습니다.

진정한 지성은 용기와 함께 있는 것입니다. 지성은 양심 있는 판단력이므로 결심을 하기까지 시간이 걸릴 수는 있어도 일단 결심한 다음에는 용감하게 전진하여 흔들리지 않는 것입니다. 서른에 서고三+而立 마흔에 흔들리지 않은四+易不惑' 공자는 그래서 동양 지성의 최고봉인 것입니다. 공자가 지식인이었는가, 지성인이었는가, 답은 뻔합니다. 그렇다면 지성인이 누구인지는 예나 지금이나 명백하다 하겠습니다.

'그렇다면 공자의 뒤를 따르며 스승처럼 되기를 갈망하였던 그의 제자들, 특히 이 나라의 선비들은 어찌하여 지성과는 거리가 먼 삶을 살고 있는가?' 해답은 벼슬이라는 것 때문이 아니었을까? 생각됩니다. 벼슬은 사람을 비겁하게도 만들고 비굴하게도 만듭니다.

벼슬 밖에서는 생명의 위협마저도 부단히 느껴야 했던 사색당쟁에 휘말린 이 나라의 선비들이었으므로 그들에게는 지성적인 삶이 불가능하였을 것이기 때문입니다.

권력은 이성을 마비시킬 가능성이 농후하기 때문에 권좌에 앉거나 그 주변에 눌어붙어 어지간히 큰 감투 쓰고 거드럭거리기 시작하면 아무리 장원급제한 뛰어난 선비라고 하여도 지성인의 자리를 지키기는 어렵습니다.

그렇다면 누가 지성인인가? "그 해답은 명백하다" 하겠습니다.

우리는 국민의 의견에 양보하고, 여론의 심판 앞에 겸손한 자세를 취하는 그런 정부를 바랍니다. 정부가 언제나 이기고 국민은 번번이 비굴하게 되어서는 민주주의를 하지 못합니다. 결국 주권이 국민에게 있는 그것이 진정한 민주국가입니다.

PART 5.

민주주의를
향하여

민주주의를 합시다

'민주공화국'이란 말 중의 '민주'라는 두 글자 밑에다 빨간 줄을 그어 보자.
'주권은 국민에게 있다'는 말이나
'모든 권력은 국민으로부터 나온다'는 말도
매우 중요한 대목이니 여기도 줄을 그어 두는 것이 좋겠다.

민주주의를 하자. 헌법 책이나 법률 책에 적어서 책꽂이에 세워만 두지 말고 꺼내서 펴보고 적힌 그대로 실천해 보자. 먼지를 털고 책장을 펴면 설사 종이는 누렇게 퇴색되었을망정 그 내용이야 어디 갔겠는가. 글자가 잘 보이지 않거든 돋보기를 코허리에 얹어놓고 좀 더 햇빛이 밝은 곳으로 나와 앉아 자세히 보라.

대한민국은 민주공화국이다. 우리 헌법의 제1조 제1항이다. 읽었는가? 곧이어 제2항은 '대한민국의 주권은 국민에게 있고 모든 권력은 국민으로부터 나온다.'라고 명시되어 있으니 이제는 이 나라가 어떤 나라인지 알만하지 않은가? 더 이상 긴말이 필요 없습니다.

글자가 희미해져서 잘 읽을 수 없거든 '민주공화국'이란 말 중의 '민주'라는 두 글자 밑에나 혹은 옆에다 빨간 줄을 그어 언제나 눈에 잘 뜨이게 하세요.

'주권은 국민에게 있다'는 말이나 '모든 권력은 국민으로부터 나온다'는 말도 매우 중요한 대목이니 여기도 줄을 그어 두는 것이 좋겠습니다.

집안에서도 아버지 마음대로만 모든 일을 처리해 나간다면 설사 아버지의 생각이 제일 훌륭하고 제일 옳다고 하여도 결코 잘하는 일은 아닙니다. 어머니의 의견도 중요하게 참작 돼야 합니다. 또 아무리 자식을 위하는 일이라 하여도 부모 마음대로 자식에게 "이래라 저래라" 해서는 안 되는 법입니다.

학교에서는 교장이 제일이고 가르치는 선생님들은 그 교장의 부하들이고 배우는 학생들은 다 그 선생님들의 심부름꾼인가? 천만의 말씀! 그 학생들을 위하여 교장도 교사도 있다는 생각을 먼저 해야 합니다. 학교의 정말 주인은 어디까지나 학생들이라는 사실은 너무나도 당연한데도 완전히 거꾸로 되어 물구나무서기를 하고 있는데 왜 이렇게 모른 척들 하십니까?

새 술은 새 부대에 넣어야만 합니다. 낡은 부대에 넣으면 부대가 터져 술을 버리게 되기 때문이죠. 가뜩이나 가족주의에 시달리는 이 민중에게 사상이나 이념을 따르려 하지 않고 오로지 핏줄만을 따지며 가문이니 문벌이니 하는 따위의 허깨비를 뒤쫓기에 여념이 없는 이 국민에게 '효'를 더 강조하여 어쩌자는 겁니까?

"일이 아무리 잘못되었어도 그 책임을 한 두 사람에게만 떠맡기지 말고, 우리가 다 나눠서 지고 가는 아량을 가지자. 그런 정신이 없으면 민주주의가 될 리 없다. 내 탓이다, 내 잘못이다" 이렇게 고백하며 뉘우치는 사람이 많으면 많을수록 이 사회에 얽히고 맺힌 문제들이 하나, 둘씩 빨리 풀려나갈 것이 분명합니다.

"거짓말은 이제 그만하자. 감출 일도 숨길 일도 없다. 아무리 덮어놓고 쉬쉬하여도 언젠가는 다 알게 되는 건데, 또 주인 몰래 무슨 일을 할 수 있겠는가? 국민이 주인인데 국민이 보고도 못 본 척하는 것을 어리석어 그렇다고 따돌려선 안 된다. 오죽하면 옛 어른이 우리에게 일러주기를 '민심은 천심'이라 하였겠는가. 따라서 민심을 건드리면 천심이 노하고 하늘의 노여움은 사람의 힘으로는 못 막는 법이다. 어차피 한배 탄 같은 운명에 서로 치고받다가는 배가 결딴난다. 그렇지 않아도 배에 구멍이 뚫려 물이 들어오는데 어쩔 것인가? 서로 다투지 말고 물을 퍼야지. 이러다간 우리가 모두 빠져 죽는다. 이 배에 물이 펑펑 들어오는데 물을 퍼내는 일이 무엇보다도 시급하다. 사는 길은 아직도 여기에 있다. 뚫린 구멍을 막아 우리가 타고 있는 이 배를 살리는 방법이 없지는 않다고 믿기 때문이다. 이제 와 선장을 원망해도 기관사를 나무라도 소용이 없다. 선장의 잘못이 내 잘못이고 기관사의 실수가 내 실수가 아니겠는가? 그렇게 믿고 책임지는 것이 주인의 직분이다. 국민 각자가 다 주인 노릇을 하는 것을 민주주의라고 한다. 민주주의를 하자"고 강력하게 주장하는 바입니다.

이것이 진정한 민주주의를 실현하는 첩경입니다.

지도자여, 웃으라

"지도자들이여, 웃으라! 통쾌하게 웃으라!
그러면 이 현실이 아무리 고되고 힘들어도
우리는 능히 이 역경을 뚫고 승리의 면류관을 차지하리라.
대장부의 위대한 웃음이 참으로 아쉬운 오늘의 세대다"

이 세상에는 너무 웃어서 걱정인 사람이 있고 도무지 웃지 않아서 문제인 사람도 있습니다. 이렇게 두 극단은 다 바람직하지 않습니다. 사람이 적당한 때, 적당한 장소에서 웃어 주어야 이 괴로운 세상이 다소 살 만한 세상이 되기 때문입니다.

웃음소리가 그리운 세상입니다.
간사한 웃음, 차가운 웃음만 아니라면 어떤 웃음이라도 좋으니 한번 같이 웃어보는 모습을 보는 것이 이 현실을 사는 우리 모두의 한결같은 소원일 것입니다.
통쾌한 웃음이면 더욱 좋겠습니다. 사실상 현대인의 생활에는 웃음이 빈곤한 중에도 파안대소 같은 장엄하고 활달한 웃음이 자취를 감춘 지 이미 오래전입니다. 대장부의 웃음이란 바로 이런 것인데, 이런 통쾌한 웃음을 듣지 못하는 우리의 형편이 처량하기만 합니다.

웃을 만한 일이 없고 웃을 만한 상대가 없어서 우리의 현실이 이 모양이 된 것입니다. 제2차 세계대전 당시 미국 대통령 프랭클린 루스벨트는 사회적으로도 상당히 이름이 알려진 장년 시절에 소아마비에 걸려 다리를 쓰지 못하게 되었습니다.

그는 오랜 기간 물리요법을 통해 어느 정도 건강이 회복되어 자신이 생기자 어느 날 걸어서 자기 변호사 사무실로 출근하기로 했습니다. 그날 친구들과 직원들이 좌우에서 지켜보는 가운데, 이를테면 '걸음마'를 해 보게 된 것이었죠. 그는 몇 걸음을 옮기다 그만 그 자리에 보기 좋게 쓰러지고 말았습니다. 그 '걸음마'는 완전히 실패로 돌아간 것이니 이를 지켜보던 주위의 사람들의 얼굴이 창백해질 수밖에 없었죠.

땅바닥에 주저앉은 그를 보는 것이 민망했는데 그런데 이것이 웬일이니까? 바닥에 털 썩 주저앉은 루스벨트의 입에서 통쾌하기 그지없는 웃음소리가 터져 나왔으니, 거기 섰던 사람들이 죄다 깜짝 놀랐다는 것입니다.

그는 그 자리에 앉아 한참 웃고 나서는 동료들의 부축을 받아 자기 방에 들어갔다고 하는데 그런 때 그런 웃음을 웃을 수 있는 사람이 후에 북미 합중국의 대통령이 된 것은 너무도 당연한 일이었을지 모릅니다.

그런 사람이니까 그런 무서운 경제공황에 직면해서도 '우리가 두려워해야 할 것은 공포 그 자체뿐입니다'라는 힘찬 말과 자신 있는 행동으로 실망 속에서 헤매던 미국 국민에게 새로운 삶에의 의지와 용기를 줄 수 있었을 것입니다.

그 웃음이 아니었다면, 일본의 진주만 폭격으로 혼비백산했던 미국인의 여론을 하나로 묶어 그 침략에 대처하고 유럽과 아시아에서 전체주의를 몰아내고, 민주주의의 기치를 높이 들리게 하지는 못하였을 것입니다. 그의 그 웃음, 대장부다운 그 쾌활한 웃음 때문에 자유세계가 승리하였고 한반도에 자유의 서광이 비치게 되었던 것이라고 하여도 지나친 말은 아닙니다.

도무지 웃지 않는 사람을 나는 제일 싫어합니다. 높은 사람이 웃지 않으면 낮은 사람도 웃지를 않는데 그런 세상에 살아선 무얼 하겠는가 말입니다.

"지도자들이여, 웃으라! 통쾌하게 웃으라! 그러면 이 현실이 아무리 고되고 힘들어도 우리는 능히 이 역경을 뚫고 승리의 면류관을 차지하리라. 대장부의 위대한 웃음이 참으로 아쉬운 오늘의 세대다"

진정한 웃음의 가치를 실현합시다.

민주주의 발전을 위하여

민주주의는 그 나름의 정신(ethos)이 있다.
우리가 영위하는 오늘날의 민주주의 정신적 바탕은 기독교다.
한국의 기독교는 이 땅에 반드시 뿌리내려야 할
민주주의 정신적 바탕을 실현하기 위해서 싸워야 한다.

서구의 선진국들에서는 산업혁명이 뿌리를 내리는 19세기에 이미 민주주의의 틀을 잡았고, 아시아와 아프리카의 후진국들에서는 아직까지도 숙제로 남아 있을 뿐 아니라, 말 못할 시련을 겪고 있는 중입니다.

어떤 이들은 '후진국가가 민주주의 뿌리를 내린다는 것은 불가능한 꿈'이라고 단정하면서 매우 비관적인 전망을 내리고 있습니다. 물론 그 비관론이 전혀 근거가 없는 것은 아닙니다.

그런데 한 가지 재미있는 현상은, 어떤 독재국가라 하더라도 지도자들은 자기네 나라가 민주국가라고 우기고 있다는 사실이죠. 공산국가도 자기들이 하는 것은 보통 민주주의가 아니라 '진보적 민주주의'라고 떠들고 있으니 민주주의가 과연 좋기는 좋은 제도인 것만은 확실한 모양입니다.

민주주의의 반대는 독재인데, 따지고 보면 '독재'라는 말이 반드시 나쁜 말이라고 하기는 어렵죠. '혼자서 일을 처리해 나간다'는 것이 무엇이 잘못인가? 생각됩니다.

남들의 수고를 덜어주고 어려운 일들을 홀로 도맡아 밤잠도 안 자고 일하는 사람을 밉다고 할 사람도 없을 것이기 때문입니다. 그럼에도 불구하고 모든 지도자가 '민주적'이라고 하면 좋아하고 '독재적'이라고 하면 화를 내는 까닭이 무엇일까요?

역사책에서도 '독재자 아무개' 하면 그건 칭찬이 아니고 욕하는 것 아니겠습니까? 히틀러, 무솔리니, 프랑코, 스탈린 등이 살아 있던 동안에는 아무도 그들을 향해 '당신은 독재자요'하고 말하지 못한 것이 사실입니다. 하기야, 스탈린을 '독재자'라고 부르고도 목숨을 건질 수 있는 사람은 한 사람도 없었을 테니까!

그렇다면 어째서 사람마다 민주적 지도자라고 불리기를 바라는 것일까요? 그것은 첫째 역사의 방향이 독재나 전제 체제에서 민주나 공화체제로 발전하여 온 것이기 때문에, '독재자'라는 명칭은 시대에 뒤떨어진 혹은 시대를 역행하는 한심한 폭군이라는 말이나 다름이 없게 들리기 때문입니다.

민주주의 시대란 무엇인가? 그 특권층만의 자유가 아래로 퍼져나가 마침내 모든 사람이 다 자유를 누리고 모든 사람이 각자 나름의 행복을 추구하게 되는 현상을 말합니다.

그것을 권력이 간섭하지 못할 뿐 아니라 마침내 우리 헌법 제1조에 명시되어 있는 것처럼, '주권은 국민에게 있고 모든 권력은 국민으로부터 나온다'는 사실을 확인하게 합니다.

그러므로 정부는 국민의 것government of the people이고, 국민을 위해서government for people 있고, 국민에 의해서government by the people 운영될 수 밖에 없는 것입니다. 밖으로는 아무리 '민주주의'라고 떠들어도, 이 세 가지에 어긋난다면, 그 주변의 불과 몇 사람이 마음대로 할 수 있는 정부라면, 비민주적이라고 할 수밖에 없는 겁니다.

그러므로 민주주의는 '자유 인구의 저변 확대'를 지상 목표로 삼아 인간 생활의 질적 향상을 위해 최선을 다해야만 하는 것입니다.

민주주의는 그 나름의 정신ethos이 있습니다.

우리가 영위하는 오늘날의 민주주의 정신적 바탕은 기독교입니다. 희랍적 영향을 전혀 무시할 수는 없겠지만 잡스럽고 천한 일을 죄다 노예들에게 맡기고 소수 상위계층 '자유민'들이 모여서 발언하고 결정하던 그 체제를 과연 민주적이었다고 할 수 있겠습니까?

한국의 기독교는 이 땅에 반드시 뿌리내려야 할 민주주의 정신적 바탕을 실현하기 위해서 싸워야 합니다.

만약 우리가 함께 싸우지 않으면 이 땅의 기독교는 마침내 역사에서 도태되어 자취를 감추고 말게 될 것입니다. 소금이 그 맛을 잃어 마침내 소금 구실을 못 한다면 버림 받을 수밖에 없는 과 같은 뻔 한 이치입니다.

믿을만한 지도자, 믿을만한 사회

정직하면 못살게 된다는 우리의 통속적인 관념이 속히 시정되지 않는 한
이 같은 우리의 현실을 타개할 길이 없는 것이다.
'검은 것을 검다' 하고 '흰 것을 희다' 하기가
참으로 어려운 사회가 우리 사회라 하여도 과언은 아닐 것 같다.

한국의 정계를 영도해나갈 여당과 야당의 인물들을 대할
때, 국민은 그 인물이 유능하냐 무능하냐가 아니고, 평안도
출신이냐 전라도 출신이냐도 아니고, 학벌이 무엇인가?도
아니고, 돈이 있느냐 없느냐도 아닌 다만 그가 믿을만한 사
람이냐 아니냐 하는 것입니다.

여러 해 전에 미국 칼럼니스트 월터 리프맨이 한국을 가리
켜 '아시아의 두통거리'라 하였을 때 그 표현을 괴롭게 생각
하는 한국인들이 적지 않았습니다. 그가 말한 뜻은 피차에
신뢰하지 못하는 지도자와 많은 사회계층을 두고 한 말이었
던 것입니다.

신뢰하는 사회를 실현하려면 그 바탕에 개개인의 정직이라는 것이 확실하게 자리 잡아야 한다고 믿습니다.

토머스 칼라일은 '인간은 나면서부터 허위에 대하여는 원수'라고 하였고 인도의 간디는 '정직이란 방책이 아니라 당위'라고 하였으나 검은 것을 검다고 하고 흰 것은 희다고 하기가 참으로 어려운 사회가 우리 사회라고 하여도 과언은 아닐 것 같습니다.

정직하다는 것이 본래는 지극히 쉽고 간단한 일이어야만 할 터인데 어째서 이처럼 힘들고 또 용기 없이는 지탱하지 못하는 미덕이 되었는지 모르겠습니다. 정직하게 살다가 정치적으로 옥고를 치른 모 고위 관리가 출옥해서 하는 말이 "부정 축재를 한 사람이 감옥에서 비교적 평안하게 살 수 있더라"면서 자기도 생각을 좀 달리할 수밖에 없다는 말을 듣고, 한국 현실이 어떠하다는 것을 뼈저리게 느끼게 되었습니다. 정직하면 못살게 된다는 우리의 통속적인 관념이 속히 시정되지 않는 한 이 같은 우리의 현실을 타개할 길이 없는 것입니다.

우리는 정권을 통해서만 국사가 처리되는 이른바 민주 한국의 본질적인 성격을 감안할 때 정직한 사회실현의 책임을 정당의 지도자들에게 물을 수밖에 없는 것입니다.

정당을 운영하는 인물들의 대다수가 국민의 눈에 정직하고 믿을만한 지도자로 인정될 때 비로소 우리가 바라는 믿을만한 사회로 활발하게 정착되리고 믿습니다.

민주주의는 누가 하는 것인가?

큰 힘을 가진 자가 겸손한 태도로 양보하여 머리를 숙이는 것은 미덕이다.
그러나 약한 자가 머리를 숙이는 것은 비굴하고 추해 보인다.
정부가 언제나 이기고 국민은 번번이 비굴하게 되어서는
민주주의를 하지 못한다

대한민국 헌법에 대한민국은 민주공화국이고, 주권은 국민에게 있다고 명시되어 있습니다. 민주공화국이라는 칭호나, 주권이 국민에게 있다는 말은 우리나라가 민주주의의 원칙 위에 세워 진 나라라는 사실을 밝히고 있는 것 아니겠습니까?

민주주의란 무엇인가? 하는 논쟁이 끝없이 펼쳐지지만, 일반적인 개념으로 한다면 링컨이 게티즈버그에서 행한 연설처럼, 주인이 국민이며 국민이 운영하고 그 국민을 위해서 존재하는 정부가 민주주의를 실천하는 나라를 말할 수 있습니다. 따라서 소위 지도층이라는 소수가 자기들끼리만 뭉쳐서, 자기들의 마음대로, 자기들만의 유익을 위해서, 움

직이고 있는 정부는 진정한 민주 정부라고 할 수 없다는 말입니다.

엄밀한 의미에서 민주사회란 권력의 상징으로서의 정부의 존재를 가장 적게 느낄수록 그만큼 민주주의적이라고 하겠는데 토머스 홉스의 『리바이어던』이라는 바다의 큰 괴물처럼 어마어마하게 비대해진 정부의 힘에 눌려서 민중의 호흡이 곤란한 지경이 되어서는 안됩니다.

과거 어느 해엔가 젊은 법관들의 비장한 결의 속에 이 나라의 민주정치를 지향하는 새로운 약속과 희망이 있었습니다. 보다 나은 민주 생활을 향해 나가는 여정에서 그것 나름의 무슨 의미가 크게 있었던 것은 사실이지만 용두사미 격으로 흐지부지 끝나버리고 말았습니다.

큰 힘을 가진 자가 겸손한 태도로 양보하여 머리를 숙이는 것은 하나의 미덕입니다. 그러나 약한 자가 힘이 없어 머리를 숙이는 것은 비굴하고 추해 보입니다. 행정부의 힘이 얼마나 큰가 하는 것을 새삼 느끼게 된다면 그것이 민주주의로의 길은 아니라고 믿습니다.

정부의 권력이 절대라는 사실을 국민으로 하여금 뼈저리게 느끼게 한다면 민주발전에 아무런 도움이 되지 못합니다.

죽는 날까지 이 걸음으로

정부의 압력을 적게 느끼면 느낄수록 그만큼 민주적이라고 반비례 하지 않을까요.

우리는 국민의 의견에 양보하고, 여론의 심판 앞에 겸손한 자세를 취하는 그런 정부를 바랍니다.

정부가 언제나 이기고 국민은 번번이 비굴하게 되어서는 민주주의를 하지 못합니다. 결국 주권이 국민에게 있는 그것이 진정한 민주국가입니다.

하늘이 무섭던 시대로라도 돌아갈 수 있었으면 합니다. 그래도 최후의 심판을 믿고 천국과 지옥의 갈래에서 양심의 갈등을 느끼던 그 시대가 얼마나 더 지금보다는 양심적이었는가. 문제는 양심에 달린 것입니다. 그래도 우리 사회가 이만큼이라도 유지되는 것은 남몰래 양심을 지켜가며 고독한 싸움을 계속하는 사람들이 이 사회 어느 구석에 더러는 있기 때문입니다.

PART 6.

사랑과 양심

사육신 생각

너희가 선지자를 죽인 자의 자손 됨을 스스로 증거 함이로다.
너희가 너희 조상의 양을 채우라, 뱀들아, 독사의 새끼들아,
너희가 어떻게 지옥의 판결을 피하겠느냐!
선지자들의 무덤을 쌓고 의인들의 비석을 꾸미는 자여!

나는 어떻게 죽는 것이 바르게 죽는 것인가를 곰곰이 생각해 보기 위해 노량진 언덕에 자리 잡은 사육신의 무덤을 찾아간 일이 있었습니다.

묘지기를 찾아 닫혀있는 문을 열게 부탁하고 들어가 한참 동안 거닐며, 나라 사랑의 길이 죽음으로 이어지는 것도 불사하며 육신이 찢어지면서까지 참혹했던 그날의 죽음을 생각하니 그 죽음이 오히려 거룩하고 아름답게 보이기도 하였습니다.

그 후 내 삶의 방향을 결정함에 있어, 그 날 사육신의 무덤을 참배한 사실이 크게 영향을 미치고 있다고 나는 지금도 믿고 있습니다.

죽는 날까지 이 걸음으로

"죽음을 두려워하지 말라." 거기 묻힌 무서운 사나이들, 사육신은 그렇게 내 귀에 속삭이듯 하였습니다.

'죽음을 두려워하지 말라!' 그것은 얼마나 멋진 삶의 고백이며, 얼마나 값진 격려의 한 마디입니까?

조상 때부터 사육신의 묘소를 지켜왔다는 그 문지기가 그날 내게 들려준 말에 따르면, 찢어진 그 몇 분의 시체는 그대로 강변에 내동댕이쳐진 채 2~3년간은 아무도 가까이 가지도 못했고 가서 그 시체에 손도 대지 못했다는 것입니다.

3족을 멸한다는데 어느 누가 감히 그 근처에서 얼씬했을 것인가? 다만 멀리서 바라보기만 하면서 애타는 마음을 어루만졌을 뿐이리라. 그 시신들은 비가 오면 비를 맞고 눈이 오면 눈에 덮여, 몇 여름 몇 겨울을 바람·비·눈·서리에 시달렸을 것인가?

까마귀 떼 날아와 사정없이 쪼아 먹고, 굶주린 개들 모여들어 마음껏 뜯어 먹어, 이리저리 뒹굴던 뼈다귀를 세조의 노여움이 가신 후에야 겨우 주워 모아 무덤을 만들고 '사육신 묘소'라 하였으니 그 뼈의 주인이 정말 누구인지 알기조차 힘든 형편이라. 생각이 듭니다.

"한강 다리 건너 노량진 쪽으로 갈 때면 꼭 한 번 고개 들어 바라보는 저 언덕. 내 뒤에 오는 이들도 저 언덕을 바라보며 가슴 두근거리겠지. 역사는 흐르고 사람은 가도 정신만은 남는 법. 이 나라가 있는 한 사육신은 죽지 않으리. 그 '무서운 사나이들'은 이 겨레의 가슴속에 영원히 살아 있으리라" 하며 독백을 해 봅니다.

근년에 큰 돈 들여 그 무덤들을 잘 가꾸고 단장하여 이름하기를 '사육신 공원'이라 하였습니다. 그 공원을 바라보며 내 가슴에 떠오르는 성경 구절이 있습니다.

'화있을진저 외식하는 서기관들과 바리새인들이여, 너희는 선지자들의 무덤을 쌓고 의인들의 비석을 꾸미며 가로되, 만일 우리가 조상 때에 있었다면 우리는 저희가 선지자의 피를 흘리는 데 참여하지 아니하였으리라 하니 그러면 너희가 선지자를 죽인 자의 자손 됨을 스스로 증거 함이로다. 너희가 너희 조상의 양을 채우라, 뱀들아, 독사의 새끼들아, 너희가 어떻게 지옥의 판결을 피하겠느냐! 선지자들의 무덤을 쌓고 의인들의 비석을 꾸미는 자여!'

사육신을 생각하면서 나는 이 한 마디를 남기고 싶습니다.

권력과 금력

청백리라는 말이 있는 것부터가 이상하지 않은가?
녹을 받아먹으면 그만인데 그런 사람을 깨끗한 관리라고 칭찬하고
포상하었던 걸 보면 그렇지 못한 탐관오리가
득실득실했다는 사실을 짐작할 수 있다.
협잡꾼, 사기꾼이 오죽 많으면,
거짓 없는 사람이 표창장을 받게 되겠는가?

동양과 서양의 생리가 서로 다른 점이 한 둘이 아닌 데 그 중에서도 두드러진 것이 권력에 대한 이해라고 생각합니다. 서양에서도 왕권신수설을 신봉하던 전제군주 시대에는 권력의 횡포가 심했던 것이 사실이고, 콩이나 깨의 기름을 짜내듯 백성의 기름을 짜내는 군주와 그의 부하들이 적지 않게 있었던 것도 사실입니다.

그러나 17~18세기를 거치는 가운데, 서구에는 시민사회가 번듯하게 자리를 잡았고 '관료주의'를 지양하는 행정체제가 확립되게 되었으며, 관리는 상전master이 아니라 공복servant으로서 시민생활을 보살피는 역할밖에 하지 못하게 되었습니다.

그런데 동양은 그렇지가 않았어요. 군왕은 백성의 충성뿐 아니라 백성의 생명과 재산마저 다 소유한 것으로 인식되어 있었으니 이러고저러고 할 필요조차 없거니와, 권력의 주변을 포위한 벼슬아치들이나 그 들의 힘을 빌려 지방장관으로 발탁 기용된 자들은 권력에는 으레 재물이 따르는 것으로 착각하고 있었으므로 백성의 기름을 짜고 또 짜는 일을 당연한 것으로 알았던 것입니다.

청백리라는 말이 있는 것부터가 이상하지 않은가? 생각됩니다. 녹을 받아서 먹으면 그만일 텐데 그런 사람을 깨끗한 관리라고 칭찬하고 포상하던 관례가 있었던 걸 보면 그렇지 못한 탐관오리가 득실득실했다는 사실을 짐작할 수 있지요. 정직한 사람이 상을 받는 사회는 부정직한 자가 영웅이 되는 사회보다는 바람직하다고 하겠지만 역시 문제가 많은 것만은 확실합니다.

협잡꾼, 사기꾼이 오죽 많으면, 거짓 없이 제 살림하는 사람이 표창장을 받게 되겠습니까?

전 주한 미국대사를 지내고 직업 외교관으로서는 최고 직책인 국무차관의 자리까지 올랐던 하비브라는 인물이 은퇴하여 무료한 나날을 지내고 있었습니다. 그 사람을 어느 저명한 한국 기업인이 만나러 간다고 하니까 한국에 근무하는 미국 사람들이 말하기를, 그 사람의 저택이 어마어마하니 꼭 카메라를 들고 가서 사진을 좀 찍어 오라고 하였답니다.

그래서 정말 사진기를 들고 그 집을 찾아 갔는데 그 동네에 저택이라 할 만한 집이 한 채도 없었던거예요. 겨우 찾아 들어간 하비브의 '저택'은 오막살이 같은 집 한 채에 부인과 개 한 마리뿐이었다는 것입니다.

권력과 금력이 동반되지 않은 하비브의 나라가 부럽습니다.

타협의 미덕

타협은 변절과 다르다.
양보하는 아량을 지닌 사람을 줏대가 없다고 매도하는 사회는
이미 건강을 잃은 사회다. 양보나 타협 없이는
원칙을 고수하기가 어려운 세상이 곧 민주사회가 아닐까?

'동東으로 가자, 하면 서西로 가자' 하고 '바다로 가자, 하면 산으로 가자' 하는 친구들이 있습니다.

그 자들은 '남이 하자는 대로는 절대 하지 않는다'는 원칙이 확고부동한 사람들입니다. 이런 작자들이 끼면 평지에도 풍파가 일고 잘 되어가던 일도 곤두박질을 하기가 일쑤입니다. 좋은 일이건 나쁜 일이건 간에 남이 하자는 대로 선뜻 동의하는 일에는 평생에 한 번도 없었던 괴짜들은 누가 무슨 의견을 내놔도 덮어놓고 "No!"합니다.

"이번 주말에는 우리 직원들끼리 산행이라도 합시다."고 누가 제의하면 이런 사람은 그 자리에서 "거, 안됩니다. 요새

교통이 얼마나 붐비는데 길을 떠납니까? 미친놈들이나 할 짓이지!" 이런 말로 당장에 흥을 깨버리곤 합니다.

그들이 우긴다고 꼭 나쁘다고만 할 수는 없는 거죠. 만약 주말 산행에 뜻하지 않은 불상사를 몰고 오는 경우가 있을 수 있으니, 위험성을 내포하고 있는 것도 사실입니다.

사람은 먼저 자기의 의견을 뚜렷하게 가져야만 하지만, 자기의 의견이 뚜렷한 것만으로 사회가 굴러가지 않는다는 사실도 알아야 합니다. 내 주장이나 의견이 소중하다면, 다른 사람의 주장이나 의견도 상당한 근거가 있으리라는 것쯤은 시인하고 있어야 할 것 아닌가요. 내 말만 옳고 남의 말은 죄다 틀렸다고 한다면 내 말의 옳은 부분도 결코 인정을 받지 못하게 됩니다.

이런 친구는 대개 웃는 일이 별로 없고 항상 얼굴을 찌푸린 채 투덜대면서 자리를 지키고 앉아있기 마련이죠. 그리고 십중팔구는 과대망상증에 걸려 있어 말하자면 저 잘난 맛에 산다 해도 과언은 아닙니다. 이것이 일종의 콤플렉스인데, 우월감과 열등감은 사촌 간이나 다름없습니다. 잘난척하는 사람은 대개 내면에 느끼는 열등의식을 감추기 위해서 그러는 경우가 많습니다.

민주사회란 이런 독단적인 인간의 수를 가장 적게 가진 사회가 아닐까 생각해 봅니다. '나만 옳다'고 핏대를 올리는 사람들이 많다면 건설적인 사회를 이룩할 수가 없는 것입니다. 그래서 민주주의의 최대의 적은 독단과 독선이라고 잘라서 말할 수도 있는 것입니다.

타협은 변절과 다릅니다.

양보하는 아량을 지닌 사람을 줏대가 없다고 매도하는 사회는 이미 건강을 잃은 사회입니다. 양보나 타협 없이는 원칙을 고수하기가 어려운 세상이 곧 민주사회가 아닐까요?

유아독존唯我獨尊은 어디서나 금물이어야 합니다.

도전은 목숨을 거는 일

젊은이들이여, 그 한 가지 일에 목숨을 걸고 삶의 전부를 바쳐온
젊음이 있었구나! 자나 깨나, 앉으나 서나, 오직 한 가지 꿈만을
가슴에 안고 살아온 일편단심의 젊은이들.
달나라로 가라! 별나라로 가라! 아니, 그보다 더 높은 곳도 있으렷다.
그 화려한 꿈을 위해 목숨을 걸어봄이 또한 아름답지 아니하랴.

세상에 쉬운 일이 어디 있겠는가? 그 중 목숨을 걸기보
다 더 어려운 일은 없는 것 같습니다. 사람은 태어나면서부
터 제 목숨을 아끼는 버릇이 있어서 위험한 고비에 다다르
면 곧잘 도망을 치는 게 사실입니다. 싸움터에서 용감하게
싸우다가도 이길 가망이 도무지 보이지 않게 되면군병들은
저마다 총을 버리고 달아나는 일이 있습니다. 그 때 비겁하
다는 말을 반드시 듣게 될 줄 알지만 '자신의 목숨을 건지기
위해서'라고 어느 군인이 솔직하게 고백하는 말을 들은 적
이 있습니다.

고려의 중신 중에 이성계의 쿠데타를 두둔하고 나선 사람

들이 없지 않았던 것은 다만 목숨이 원수이기 때문이었죠. '살고 봐야지', 이렇게 말하지 않을 사람이 과연 몇이나 되겠습니까?

일제하에서 처음에는 애국과 독립을 부르짖다가 뒤에는 변절하여 일본에 아부하는 비굴한 역사를 남긴 사람들 역시 목숨이 원수였기 때문이었죠. 죽여 없애겠다는데 버티고 설 사람이 과연 몇이나 되겠습니까?

이성계의 아들 이방원이 고려 충신 정몽주의 속마음을 떠보기 위해 '이런들 어떠하리 저런들 어떠하리' 하며 편들어 줄 것을 종용했는데 그런 좋은 기회를 '임 향한 일편단심이야.' 하며 거절하고 선죽교에서 피 흘리며 쓰러져 죽는 길을 스스로 택한 정몽주는 청사에 길이 빛날 위인임에 틀림이 없습니다. 남들이 아끼고 아끼는 목숨을 기꺼이 버릴 수 있었으니 말입니다.

여순 감옥에서, '위험한 일을 보고 목숨을 바치노라見危授命'라는 한 마디를 적어놓고 미련 없이 가버린 안중근은 과연 놀라운 인물입니다. 남들은 살려고 발버둥 치는데 그는 그토록 시원스럽게 자기 목숨을 걸고 나설 수 있었는지…, 안중근은 정말 무서운 사람이었습니다.

목숨을 거는 일 못지않게 더 중요한 것은 무슨 일에, '왜?',

목숨을 거느냐' 하는 것이죠.

누가 냉면 그릇을 더 많이 비우느냐에 삶 전체를 거는 어리석은 사람이 있는가 하면, 떡 한 말 어치를 앉은 자리에서 다 먹어 치우는데 안간힘을 다 하는 미련한 사람도 있는 세상입니다. 돈 버는 일이나 한자리하는 일에 목숨을 걸고 덤비는 사람들이 인류 역사에 수도 없이 많았습니다.

나는 정상을 향해 오르는 사람의 용기와 슬기를 사랑합니다. 그것이 권력의 정상이건 히말라야의 정상이건 정상이라는 점에서는 다를 바가 없습니다. 운이 좋아서 권력의 정상에 오르는 사람은 간혹 있지만 요행수로 에베레스트의 정상을 정복했다는 사람은 아직 본 일이 없습니다. 그런 의미에서 에베레스트의 꼭대기는 권력의 꼭대기보다 더 아름답고 고상하게 느껴집니다.

젊은이들이여,

그 한 가지 일에 목숨을 걸고 삶의 전부를 바쳐온 젊음이 있었구나!

자나 깨나, 앉으나 서나, 오직 한 가지 꿈만을 가슴에 안고 살아온 일편단심의 젊은이들. 그들의 그 집념과 그 희생이 있어서 오늘 모든 한국인이 다 에베레스트의 정상에 오르는 영광을 누렸노라! 누가 에베레스트의 정상보다 더 높은 곳이 없다고 하더냐? 달나라로 가라! 별나라로 가라! 아니, 그보다 더 높은 곳도 있으렷다.

젊은이들이여,
그 화려한 꿈을 위해 목숨을 걸어봄이 또한 아름답지 아니하랴.

우리의 얼, 겨레의 얼

'간에 붙었다가 쓸개에 붙었다' 하며
'이웃이야 어찌 되건 좋은 집 쓰고 좋은 음식 먹으면 그만이지' 하는
족속들이 '얼'이 빠진 사람들이다.

이 몸이 죽어서 무엇이 될꼬 하니

봉래산 제일봉에 낙락장송(落落長松) 되었다가

백설이 만건곤(滿乾坤) 할 제 독야청청(獨也靑靑)하리라.

조선왕조 5백 년의 역사가 수치스럽기만 하다고 한탄하는 이들이 많은데, 이렇게 뜻이 깊고 시원스러운 시 한 수를 읊조리고 태연히 가버린 훌륭한 인격을 가진 그 역사를 수치스럽게만 여겨서는 안 될 일입니다.

한국의 얼이 정인지, 신숙주, 최항 같은 무기력한 선비들의 상투 속에 간직되어 있던 것이 아니라 노량진 언덕의 한 줌 흙이 돼버린 성삼문의 뜨거운 가슴속에 살아 있습니다.

왕위에 눈이 어두워 찬탈의 기회만 노리던 수양대군이 단종이 즉위한 그해 10월에 그 당시 나라의 대들보라고도 할 만한 김종서를 죽이고 이어 수많은 충신을 살해하고, 단종 3년에 강제로 왕위를 빼앗으면서도 형식만은 왕위를 물려받는 듯 꾸몄을 때, 국새를 품에 안고 있던 예방승지 성삼문이 슬픔과 분함을 참다못해 울음을 터뜨렸습니다. 그 울음 속에 한국의 얼의 은은한 음성이 있었고 그의 죽음은 한국의 얼의 승전가가 아니었던가!

고난의 역사의 가시덤불만을 들추지 말고 거기 피어난 꽃송이들을 보라! 아름답고 향기로운 그 꽃송이들을!

기미년 독립 만세 사건도 이런 각도에서 회고할 때 가슴이 뭉클해질 수밖에 없습니다. 총칼 앞에 두 손을 번쩍 들어 "조선 독립 만세!"를 부르고 피를 흘리며 쓰러지는 백의민족들의 모습을 상상해 보세요.

그것을 단지 잃어버린 나라의 주권을 다시 찾으려는 욕심 때문이라고만 보는 것은 극히 천박한 해석일지라. 그것은 대동아 침략의 큰 야심을 품은 일본의 양심을 깨우치려는 하늘의 뜻을 대변하는 날카로운 부르짖음이었습니다.

일본 군국주의자들이 그 참뜻을 헤아리지 못하고 자기들의 야욕을 따라 우리를 함부로 업신여기더니 그 결과가 어떻

죽는 날까지 이 걸음으로

게 되었는가! 수백만의 동족을 참혹하게 잃었고, 그 나라는 한때 쑥밭이 되었을 뿐 아니라 온 세상의 미움을 독차지하였지 않은가.

일본이 전쟁에 지고도 미국의 비호를 받아, 6·25전쟁을 틈타 크게 경제부흥을 꾀하여 지금은 다시 세계의 강대국으로 손꼽히게 되었습니다. 그러나 만일 다시 우리의 처지를 악용하여, 우리를 포함한 아시아를 자기 손아귀에 넣으려는 허망한 꿈의 노리개로 여긴다면 그 결말이 크게 불행하리라는 사실은 재언의 여지가 없는 줄 압니다. 지도자라고 자처하는 몇몇 권력가나 그들에게 아부하여 배를 채우는 비겁한 양반들에게서 감히 한국의 얼을 찾을 수 있으리라고 기대해서는 안 됩니다. 그들은 간에 붙었다가 쓸개에 붙었다 하며 '이웃이야 어찌 되건 좋은 집 쓰고 좋은 음식 먹으면 그만이지' 하는 족속들이니 '얼'이 빠진 사람들입니다.

참된 한국의 얼은, 세 때 밥 먹기가 힘이 들어도 불평 한마디 없이 묵묵히 일하며 평생에 탈세 한번을 해 본 일도 없고, 국민소득을 삼만 불로 올리는데 누구보다도 큰 공을 세웠으면서도 자기 분급을 찾을 생각도 못 하는 우리 대중의 가슴 속에서 찾아야 합니다.

곰곰이 생각해 보면, 이 착하고 말 없는 대중이 저마다 일어나서 '내 몫을 달라'고 손을 내밀면 이 나라는 어떻게 되겠습니까?

그때에는 조선호텔의 커피숍도 문을 닫아야 하고, 자가용을 타고 휴가 갔던 사람들도 다 집에 돌아와 부채질로 더위를 이기는 수밖에 없지 않을까! 냉방 시설이 잘된 정부청사에 앉아 냉커피를 마시며 집무하는 고급공무원이, 지금쯤 뙤약볕에 허덕이며 김매는 농부와 자기와 아무 관계가 없다고 생각하고 있다면 그야말로 얼빠진 인간입니다.

그 농부의 말 없는 희생 속에 한국의 얼이 간직되어 있는 것입니다.

백성을 사랑할 줄 알아야

지성이여! 태양이 꺼진 것이 아니라 구름이 가린 것뿐이다.
구름이 흩어지면 태양은 다시 빛날 것이다.
이 땅의 지성이여,
횃불을 들어 어두움을 밝혀라. 백성을 위로하라.

역사 공부는 언제나 우리에게 큰 위로를 줍니다. 자칭 지도자들은 새로운 역사를 창조한다고 기염을 토하지만 사실 세상에 새로운 것이 얼마나 있을 것인가?

착하고 어진 지도자는 백성을 두려워하고 백성의 뜻을 존중하는 가운데 조그마한 선이라도 이룩할 수 있으나, 악한 지도자는 공연히 세도를 부리고 불법을 자행하는 가운데 백성을 이리 찢고 저리 찢어 못살게 굽니다. 그런 지도자는 역사에 얼마든지 있었으니 조금도 새로운 것은 아닙니다.

한 시대가 어두우냐 밝으냐는 그 시대의 권력이 얼마만큼 비판의 자유를 허락하느냐에 달린 것이라고 앞서 지적한 바 있습니다. 현명한 지도자는 권력이란 긴 역사 속에서 잠시 위임된 특권에 불과하고 언젠가는 국민에게 돌려주어야 한다는 사실을 충분히 알고 있습니다.

그렇기에 언제나 두렵고 떨리는 심정으로 조심스럽게 그 권력을 행사하지만, 권력에 취하고 고혈압에 걸린 폭군은 양심이 마비되었기 때문에 무엇이 정말 무서운지를 모르고 백성을 휘두릅니다. 따라서 그 말로는 비참할 수밖에 없게 됩니다.

인류의 역사에는 어떤 목표가 있다고 나는 믿습니다.

그렇기에 권력의 전횡 때문에 세상이 어두워질 때면 반드시 그것을 바로잡기 위해 진리와 양심의 투사들이 나타나곤 합니다.

위클리프, 후스, 모어, 간디는 다 그러한 사명을 띠고 세상에 보냄을 받은 하나님의 일꾼들이었습니다. 그래서 그들은 일신상의 안일을 돌보지 않고 과감하게 투쟁하여 인류의 양심을 밝혀주었습니다. 양심이 밝아지면 개인이건 국가건 망하지는 않는 법!

"참된 지성의 사명은 무엇인가?" 묻는다면 "어두움을 밝히는 것이다. 횃불을 드는 것이다"답할 것이고 "내 백성을 위로하라 지성이 이 백성을 위로하지 않으면 누가 이 백성을 위로할 것인가? 모든 사람이 이제는 희망이 없다고 낙담하고 자포자기할 때에 '아직도 사는 길이 있다'"고 외치며 꿈을 키워 줄 사람이 지성밖에 없지 않은가? 말해야 합니다. 그래서 지성은 횃불을 들어 어두움을 밝혀야 합니다. 자기 스스로가 횃불이 되어야 합니다. 자기를 태우지 않고는 빛을 나타내지는 못합니다.

그러므로 역사의 어느 시점에서나 또는 세계의 어디서나 양심 있는 지성인은 반드시 나타나고야 말았고 그는 자기 몸을 태워 대중의 나아갈 길을 밝히고 그 마음에 희망을 줌으로써 끊임없이 뒤틀려가는 역사의 방향을 바로잡아 주었습니다.

지성이여!

태양이 꺼진 것이 아니라 구름이 가린 것뿐이다. 구름이 흩어지면 태양은 다시 빛날 것이다. 이 땅의 지성이여, 횃불을 들어 이 어두움을 밝혀라. 내 백성을 위로하라.

양심의 고지

산 같은 악을 행하고도 눈썹 하나 까딱 아니하는 인간을 우리는
'죽일 놈'이라고 돌아서서 욕을 합니다.
사하라 사막의 풀 한 포기처럼 시들어가는 이 백성의 양심에
물을 주고 가꾸어보려는 정성을 지닌 사람은
정녕 이 땅에서 이제 찾아볼 수 없게 되었는가?

백마고지니 연희고지니 하는 말들이 우리들의 생활에 익
숙하게 되기는 6·25전쟁 때부터가 아닌가 생각합니다.

군사용어에서 고지라는 말을 씁니다. 고지가 높은 지점이
기는 하지만 그렇다고 설악산의 대청봉이나 지리산의 반야
봉처럼 높은 곳은 아닌 성싶습니다. 다만 적과 대치하여 싸
우는 데 있어서 대단히 중요한 언덕은 다 고지가 될 수 있을
지도 모르겠습니다.

'양심의 고지'라는 말을 들어본 일이 있습니까? 작전용어
인 고지라는 말이 양심이라는 말과 서로 어울리지 않기 때문
에 이런 표현이 생소하게 들리겠지만 양심에도 고지가 있어

야 한다고 나는 믿습니다.

양심이라는 단어의 정의야 어찌 되었건 '양심적인 사람'이라는 말은 그 사람이 좋은 사람이라는 뜻이고 '비양심적인 사람'이라는 말은 그 사람이 좋지 않은 사람이라는 뜻인 것을 보면 양심이 선善을 상징하는 것만은 틀림없습니다.

도스토예프스키가 지은 『죄와 벌』 작품의 결론을 이 한마디로 요약할 수 있을 것입니다. "죄를 범하면 양심이 고민을 한다. 그것이 그 죄에 대한 벌입니다." 그래서 나쁜 짓을 하고 괴로워하는 사람, 즉 양심의 가책을 느낀다는 사람을 우리는 퍽 좋게 생각합니다. 잘못은 밉지만 양심은 아직 살아 있으니 그만하면 족하지 아니한가 하는 심정이 들기 때문이죠.

그 반면에 태산 같은 악을 행하고도 눈썹 하나 까딱 아니하는 인간을 우리는 '죽일 놈'이라고 돌아서서 욕을 합니다. 숨어서 하는 욕이란 본인의 귀에는 들리지도 않고 또 우리나라 속담에 '욕을 많이 먹으면 오래 산다.'라는 말이 있으니 그것이 나쁜 사람들의 장수 비결이 되었는지 모르겠습니다.

'천 사람이 손가락질하면 병이 없어도 저절로 죽는다'는 호적胡適 박사의 말을 생각하면 남에게 욕먹고 지탄받는 일이 그렇게 좋은 것 같지도 않은데, 인간의 타고난 양심과 동떨어진 세계에서 거드럭거리며 기분 좋게 사는 사람들도 많습니다. 기분이 정말 좋은지 나쁜지는 그 사람의 마음이 되어 보지 못한 이상 장담하기는 어려운 노릇이겠지만.

그런데 어째서 양심이 이렇게 문제가 되는 세상인가? 양심대로 하면 좋고 양심에 어긋나게 행하면 나쁠 텐데도 이 간단한 사실이 왜 이렇게 복잡한 문제를 야기시키는 것인가? 대답은 간단합니다. 무슨 까닭인지는 모르지만 오늘날 세상에서 양심대로 하면 일이 안 되고 양심의 손발을 묶고 입을 틀어막고 일을 할 때 비로소 그 일이 잘되니까 양심은 천대를 받게 마련이 아닐까!

정치인에게 양심이 있는가? 실업인에게 양심이 있는가? 교사, 목사에게 양심이 있는가? 어디 한번 털어놓고 이야기해 봅시다. 조국은 길을 잃고 방황하는데 돈은 벌어서 무엇하며, 민족은 병들어 죽어가는데 교인만 영생하여 천국에 들어가면 무엇하랴. 아, 기업가여, 교사여, 목사여! 사하라 사막의 풀 한 포기처럼 시들어가는 이 백성의 양심에다가 물을 주고 가꾸어보려는 정성을 지닌 사람은 정녕 이 땅에서 이제 찾아볼 수 없게 되었는가?

기업은 망해도 기업가는 잘산다는 말은 왜 생겼으며 스승이 있고 제자가 있는데 어찌하여 교육은 없는가. 교육 부재는 정치 부재보다 더 무서운 현상이 아닐까? 공문 한 장으로 제자가 영구히 정든 학원에서 추방되는 그 마당에, "내 목을 먼저 자르시오" 하고 자기 목을 내는 그런 스승을 우리는 왜 한 사람도 갖고 있지 못한가! 가난하고 짓밟힌 민중에게 복음을 전할 뜻은 조금도 없고, 그저 세력 좋은 사람, 돈 많은 사람만 골라서 찾아다니며, 눈에 보이지 않는 성령의 역사만을 내세우는 사이비 목사여, 전도사여!

"독사의 자식들아, 누가 너희들을 가르쳐 임박한 진노를 피하라 하더냐". 광야에 외치는 자의 소리, 세례 요한의 일갈이라.

모든 문제는 양심으로 해결됩니다.

양심을 거름통 속에 가두고 아무리 금과 은으로 고래등 같은 큰 집을 지어도 도깨비가 횡행하여 결국은 못 살게 되는 법!

형제여, 양심의 고지를 사수하자!

민족의 살길이 여기 있다. 양심의 고지를 탈환하시오.

사실을 사실대로만

'이 땅에 어째서 거짓이 있는가?' 는 '이 땅에 어째서 악이 존재하는가?'
하는 문제와 같이 영원히 풀리지 않는 수수께끼다.
해와 달뿐 아니라 동식물도 도대체 거짓이라는 걸 모르는데
만물의 영장이라고 자부하는 인간만이 유독
허위의 명수라는 사실은 일종의 아이러니가 아닌가? 하면서….

역사가의 가장 큰 임무는 과거에 있었던 일들을 그 사실대
로 기록하는 데 있습니다. 역사가 아무리 '과거와 현재의 끊
임없는 대화'를 추구한다고 해도 확실치 않은 사실이나 새빨
간 거짓말로 엮어진 기록을 상대로 대화를 시도할 수는 없기
때문입니다.

그러면 이미 지나간 일들, 다시는 되풀이될 수 없는 사건
들의 진상을 정확하게 포착하는 길이 무엇인가?

어느 시대의 어느 사건 관련자나 목격자라 할지라도 이미
백골이 진토되어 있는데 무덤을 파본들 누구를 붙잡고 "이성
계가 위화도에서 회군하던 경위나 그 동기가 무엇인가" 물어

볼 수 있겠습니까? 그러니 14세기 한반도의 군사 쿠데타의 이른바 주체세력의 의식구조 등 등을 명백하게 알아낼 도리가 없습니다.

고려의 충신이 어찌 정몽주와 최영뿐이었으랴! "오백 년 도읍지를 필마로 돌아드니 산천은 의구한테 인걸은 간데없네. 어즈버 태평연월이 꿈이런가 하노라." 했지만 왜 고려조에 인걸이 없었겠는가? 왜 애국자가 없었겠는가? 그들의 뜻은 햇빛을 못 보고 그들의 행동은 열매를 맺지 못한 것뿐이리라. 생각됩니다.

정도전이 태조의 명을 받들어 편찬하였다는 고려사가 후세에 전하여진 것이 있는지는 모르겠으나 어명을 따라 기록된 역사만 갖고는 이성계 쿠데타의 진정한 배경이라고 고집할 사람은 없을 것입니다. 역사 기록이 권력자의 마음대로 되는 것이라면 사서의 어디까지가 진실이고 어디까지가 거짓인지를 알아내기란 여간 어려운 일이 아닐 것입니다. 사실을 사실대로 기록하는 것이 역사가의 가장 큰 책임을 아는 역사가들의 고충이 클 것입니다.

일설에는 이성계가 고려의 충신들을 다 배에 태워 예성강물의 고기밥이 되게 하였다는데, 그 말대로 이성계 집권에 비판하는 모두 죽이고 비판적인 글은 다 불살라 버렸다면 '임향한 일편단심' 때문에 박해받은 사람들의 애끓는 심정이 후세에 알려질 도리가 없었을 것입니다.

기록의 허위 날조가 반드시 '한국적'이라고만 할 수도 없는 일입니다. 로마교황청이 천 년 동안 귀중한 문헌으로 간직해 온 것 중의 하나가 '콘스탄티누스 대제의 기부행위'에 관한 문헌인데 그 문헌에 의하면 콘스탄티누스 대제Sancts Constatinus Magna 272~337, 로마황제 재위 306~337는 기원 4세기에 법왕 실베스터 1세Silvester 제33대 교황 314~335 재위기간와 그의 후계자들에게 영적 문제에 관한 최고권을 부여했을 뿐 아니라 로마를 위시한 이탈리아 중부 일대에 대한 세속적 지배권도 아울러 부여했다고 되어 있습니다.

대제가 기부행위를 할 만한 근거가 없지 않았던 것은, 콘스탄티누스는 나병으로 무척 고생하던 중 기독교로 개종 후 그 병이 다 없어지자 감사의 뜻으로 바티칸에 이런 호의를 베풀었다고 전해지고 있습니다.

있을 법한 일이죠. 가난한 사람은 계란 한 꾸러미로 감사의 뜻을 표하고 또 표하고 돈 있는 사람은 자기 처지에 맞게 은혜를 갚고 또 계속 은혜를 받기 위하여 예물을 바치는 사례가 많습니다.

죽는 날까지 이 걸음으로

하물며 대제에게 있어서랴! 자기의 불치의 병을 고쳐준 교회와 성직자에게 무엇이라도 주고 싶었을 것입니다.

그는 여러 교회에 많은 예물을 보냈고 성직자의 과오를 관대하게 다스린 것은 사실입니다. 콘스탄티누스가 로마나 나폴리뿐 아니라 시실리 섬을 덤으로 더해 이탈리아반도 전부를 줄 수도 있었을 것입니다.

역사상의 모든 협잡은 대개 그럴싸한 개연성을 토대로 하고 이루어지는 법이죠. 그런데 르네상스 시기의 이탈리아 학자 로렌초 발라Lorenzo Valla, 1407~1457, 15세기 이탈리아 인문주의자 콘스타티누스의 기증 문서가 조작된 후대의 위작이라는 것을 언어문헌학적, 역사학적으로 증명한 사람가 예의 연구 분석하여 본 결과 그 문서는 가짜로 판명되었습니다.

발라가 그 사실을 발표한 것은 1440년이고 그 논문이 활자화되어 나온 것은 16세기 초이지만 교황청이 이런 연구 발표를 달갑게 생각했을 리는 없을 것입니다. 그런 거짓된 문헌을 토대로 천 년 가까이 세속적 권한을 부려왔는데 그 문헌을 가짜라고 시인하고 그 어마어마한 이권을 쉽게 내던질 수는 없었을 것이니까요.

'이 땅에 어째서 거짓이 있는가?' 는 '이 땅에 어째서 악이 존재하는가?' 하는 문제와 같이 영원히 풀리지 않는 수수께

끼입니다. 해와 달뿐 아니라 동식물도 도대체 거짓이라는 걸 모르는데 만물의 영장이라고 자부하는 인간만이 유독 허위의 명수라는 사실은 일종의 아이러니가 아닌가? 하면서…,

사실을 사실대로만 하면 인간이 겪는 괴로움의 90%는 깨끗하게 해결될 수 있으리라고 나는 확신합니다. 거짓이란 자꾸만 새끼를 치게 마련인데 먼저 한 거짓을 은폐하려고 두 번째 세 번째의 거짓을 새로 만들어낼 수밖에 없는 것 아닙니까?

요즈음 하도 거짓이 많으니까 누구의 말이건 믿으려는 사람이 없는 세상이 되었습니다. '콩으로 메주를 쑨대도 믿지 않는다'고 할 지경이니 병인즉 중병이라고 할밖에 없습니다. 일전에 젊은 학생들에게 "정직하게 사는 것이 제일 잘사는 방법이다." 했더니 어떤 얼굴이 반들반들한 녀석이 "선생님, 정직하게 해서는 경쟁에서 못 이기기 때문에 정직만 내세워서는 안됩니다." 하고 눈도 하나 깜짝 안 하기에 하도 어이가 없어서 한참 말을 못 하고 있었던 적이 있었습니다.

"이열치열以熱治熱이라 했는데 거짓에는 거짓을 가지고 대하는 것이 상책이라는 심보인가……?" 전부 거짓말만 하는 세상에 거짓말 안 하려다 굶어 죽었다면 또 그렇게 미안한 노릇도 없지 않은가! 사실 대꾸할 아무 말도 찾기 어려웠습니다.

폐병 환자는 X레이 앞에 서서 구멍 뚫린 가슴의 사진을 찍는 것을 가장 싫어하고 두려워한다고 합니다. 그러나 이 환자가 사는 길은 그것을 넘어서는 길밖에 없습니다. 가슴을 내밀면 구멍크기를 알 수 있으니 약 좋고 시설 좋은 곳에서 얼마든지 고칠 수 있다는걸 왜 모르냐 말입니다.

이렇게 우수한 국민을 가지고 못 고칠 병은 없습니다. 후세의 역사가가 오늘의 한국 을 기록할 때 로렌초 발라 처럼 고생 하지 않도록 사실을 사실대로만 알려주면 나는 더 바랄 것이 없겠습니다.

아비가 아비 같아야

"그래, 우리도 잘해보려고 애는 무척 쓰는데 도무지 부정부패가
없어지지를 않는구나. 참으로 미안하다.
앞으로 더욱 노력해 보겠다. 너희들의 애국심이 아름답구나!"
왜 이런 말을 우리는 들어보지 못하는가?

옛날 어느 시골 앞뒷집에 여남은 된 나이11~12세정도의 소년
이 하나씩 살고 있었는데 앞집 삼룡이는 부모에게 그렇게 잘
할 수 없는 효자라는 소문이 나 칭찬이 자자했고 그와는 정
반대로 뒷집 꺽쇠란 놈은 부모에게 못된 짓만 골라하는 불효
라는 악명이 높았습니다.

"앞집 삼룡이를 좀 봐, 너는 언제나 철이 들어 삼룡이처
럼 하겠니!"

뒷집 꺽쇠가 곰곰이 생각해 보니 억울하기 짝이 없었습니
다. 내 팔자는 왜 이런가? 도대체 삼룡이는 자기 부모에게
어떻게 하길 래 저렇게 좋은 말만 듣는 것일까? 궁금증이 들
은 꺽쇠는 어느 날 저녁 앞집 삼룡이와 같이 지내면서 효자

의 비결이 무엇인지 터득하고 싶었습니다. 추운 겨울이었는데 먼동이 트기 시작하자마자 삼룡이가 아버지보다 먼저 자리에서 일어나는 겁니다.

"아, 효자란 이렇게 새벽 일찍 일어나는구나!"

꺽쇠는 마음속으로 "나도 내일 아침부터 당장에 이를 실천에 옮기리라" 다짐하고 있는데 먼저 일어난 삼룡이는 더듬더듬 아버지의 저고리를 찾아 자기 알몸에 걸치고 쪼그리고 앉아 차가운 저고리를 자기 몸으로 녹여 따뜻하게 입혀드리려는 것 같았습니다. 이윽고 방에서 기침 소리가 들리며 아버지가 손을 내밀어 저고리를 찾는 모습이 보일 때

"아버지, 여기 있습니다."

삼룡이는 얼른 저고리를 벗어 아버지 어깨에 걸쳐 드리니 "오냐 오냐, 내 아들이 효자로다" 하며 행복하고 만족스러운 모습이셨습니다.

"효자 되기가 그렇게 어려운 것도 아니로구먼."

꺽쇠는 무슨 큰 비결이나 알아낸 듯이 의기양양하여 자기 집으로 돌아서 효자 노릇 하는 자신을 그려보니 흐뭇한 느낌마저 들었습니다. 이튿날 잠을 설치며 새벽이 되기만을 고대하던 꺽쇠는 평생 처음 해 보는 효도에 가슴이 두근거

리면서 일찌감치 아버지 저고리를 찾아 걸쳐 입고 기다렸습니다. 이윽고 아버지가 "에헴"하는 기침 소리와 함께 저고리를 찾을 때,

윗목에 커다란 아버지 저고리를 입고 쪼그리고 앉았던 꺽쇠, 난생처음 하는 효도라 왜 그런지 입이 잘 떨어지지 않아 한참 우물쭈물하던 나머지 "아버지 저고리 내가 입고 있어!" 하니 그 집 아버지 화를 벌컥 내며 손에 들었던 담뱃대로 한번 되게 후려갈기고는 왈,

"이 자식이 못된 짓만 골라가며 하더니 이제는 제 아비 저고리까지 훔쳐서 입는구나. 이 괘씸한 놈아!"

뜻밖의 날벼락을 맞은 꺽쇠, 웃통을 벗어 던지면서 하는 말, "제기랄, 아비가 아비 같아야 효도를 하지!"

이 속담에는 많은 교훈이 담겨 있습니다. 잘난 아버지에 잘난 아들, 못생긴 아비에 못생긴 자식! 이런 항등식에 우리는 너무나도 익숙하다는 사실을 시인할 수밖에 없습니다.

"왜 정치가 이 모양이냐?" 하면 으레 "그야 국민이 못나서 그렇지. 국민의 수준을 넘어서는 정치가 어디 있나?" 하는 대꾸가 있을 뿐입니다. 그런데 그러한 국민의 소리를 정부는 불쾌하게 생각하였을 뿐 "오냐 오냐, 네가 참 애국자로 구나." 하는 말 한마디를 따뜻하게 던져 준 일이 없지 않았던가!

"그래, 우리도 잘해보려고 애는 무척 쓰는데 도무지 부정부패가 없어지지를 않는구나. 참으로 미안하다. 앞으로 더욱 노력해 보겠다. 너희들의 애국심이 아름답구나!"

왜 이런 말을 우리는 들어보지 못하는가? 우리의 젊은이들이 "아비가 아비 같아야…" 하는 말을 내뱉으면서 만일에 그 저고리를 벗어서 던지게 된다면 그 책임은 과연 누가 져야 마땅합니까?

고소공포증

높은 자리를 미치도록 좋아하는 이 환자의 또 하나의 증세는
일단 높은 데 오른 후에는 절대로 거기서 내려오지 않으려고
지랄 발광하는 증세로 나타난다.
"무릇 자기를 높이는 자는 낮아지고 자기를 낮추는 자는 높아지리라" 하신
그리스도의 말씀을 생각하면서….

고소공포증이라는 묘한 병이 있습니다. 아마도 선천적인
병인 것 같은데 조금이라도 높은 데 올라가서 아래를 굽어보
면 무섭고 떨리고 어지러워서 아예 올라갈 마음도 먹지 않게
된다고 합니다.

옛날에 그 병을 가진 친구를 한 사람 사귄 일이 있었는데
한번은 약 20층쯤 되는 고층 건물 꼭대기에 있는 도서실에
함께 가면서 이 사람은 절대로 창가에 가까이 가지도 않았고
보스턴의 찰스강이 흐르는 그 웅장한 경치를 즐기려 하지도
않았습니다. 그래서 그 까닭을 물었더니, 자기는 고소공포증
이 있어 그런 모험을 못 한다고 하더군요.

이런 사람에게는 이른바 스카이라운지가 소용이 없고 뉴욕의 엠파이어 스테이트 빌딩도 별다른 매력을 주지 못합니다.

그는 모든 것이 낮았으면 하고 설사 높은 곳이 눈에 띄어도 올라갈 엄두를 내지 못하는 낮고 평범하게 살 팔자를 타고났는지도 모릅니다. 높은 데 올라가면 떨리는 것이 병이라면 반대로 아무리 높이 올라가도 도무지 무서운 줄을 모르는 사람도 결코 경상은 아니라 생각됩니다. 아마도 그것이 더 무서운 병일지도 모르겠죠. 이 병에 걸린 사람은 자기의 능력이나 분수를 전혀 고려함이 없이 덮어놓고 높이 오르기만 할 것 아니겠습니까?.

사실 따지고 보면, 높이 올라가서 무슨 큰 일 할 만한 유능한 인물도 아닌 주제에 항상 높은 것만 좋아하며, 높은 데 기어오르기에 전심전력하는 푼수가 더 큰 병입니다.

이런 병에 걸린 사람은 자기 자신이 높이 오르기 위하여 옆에 있는 사람들을 발길로 차고 주먹으로 치는 난폭한 짓을 곧잘 합니다. 그 뿐 아니라 그럴 마음도 전혀 없는 착한 상대방 이웃까지 마구 때리는 참혹한 광경도 많이 벌어지는 것을 봅니다. 고소공포증의 반대 현상이 반드시 고소열광증이라고 불리지는 않겠지만 편의상 그런 이름을 붙이고 이 무서운 병에 걸린 환자의 생태를 관찰해보는 것도 흥미로운 일입니다.

높은 자리를 미치도록 좋아하는 이 환자의 또 하나의 증세는 일단 높은 데 오른 후에는 절대로 거기서 내려오지 않으려고 지랄 발광하는 증세로 나타납니다. 정계뿐 아니라 교계, 교육계에도 장로이 되려고 날뛰며 자리를 지키기 위해 수단과 방법을 가리지 않는 고소열광증 환자가 너무 많은 것 같습니다.

"무릇 자기를 높이는 자는 낮아지고 자기를 낮추는 자는 높아지리라" 하신 그리스도의 말씀을 생각하면 하나님께서는 고소공포증 환자가 고소열광증 환자보다 몇 곱절 사랑스럽게 보일지도 모르겠습니다.

폭력의 미학, 영화 〈대부〉

동서고금을 막론하고 폭력의 고민은 오직 하나뿐,
"칼을 쓰는 자는 칼로 망하리라"라고 한 성서에 따른 예언, 그것이 유명한
영화 대부에도 적용되었다. 야만스러운 나라일수록 권력만이
폭력을 독점하고 국민은 항상 전전긍긍하며 살아야 한다.
그런 나라에서 마피아는 권력을 위해서만 존재하고 있다.

　삶의 나뭇가지에 푸르뎅뎅하던 한 두 개의 열매가 제법 익
어가려면 40대는 되어야 한다고들 하지만 사실은 그것도 알
수 없는 말씀입니다.

　공자님 말씀이 40에 불혹不惑－판단에 혼란을 일으키지 않는 나이이라
하였으니 이제는 세상일에 그렇게 미혹되거나 감동하는 유
치한 지경은 벗어나야 할 것이 명백한데, 서기는커녕三十而立－
나이 30에 학문이 서야한다 학문에 뜻을 두었는지조차十有五而志於學－15세
에 학문에 뜻을 두어야 한다 분명치 않은 젊은이들 틈에 끼어 말론 브
란도가 주연하는 〈대부〉를 구경했습니다.

　때로 흥분하고 기뻐하고 때로 비관하고 괴로워하는 나 자
신을 물끄러미 바라보니, 50이 되어도 하늘의 뜻을 헤아리지

는知天命-지천명, 하늘이 준 명을 알았고 못하리라는 일종의 체념에 사로잡히지 않을 수가 없었습니다. 사십이불혹四十而不惑이란 옛 성현의 허사로고! 좌우간 나는 나이를 잊은 채 두 시간 동안이나 그 어두컴컴한 극장에 쪼그리고 앉아서 흥미진진한 시간을 보냈습니다.

김모 씨 사건이 007을 능가하는 스릴이 있다 하여도 영화 〈대부〉의 스릴을 앞지를 수는 없을 것 같았습니다. 또 현해탄에 감도는 안개 속의 활극은 흑백이지만 뉴욕과 롱 아일랜드를 배경으로 한 코르레오네의 집안 이야기는 문자 그대로 총천연색으로 뚜렷하여 더욱 긴장감을 주는 듯하였습니다.

〈대부〉의 주제는 폭력인데, 어떤 점잖은 선배는 그런 영화의 상영이 우리나라 청소년에게 좋지 않은 영향을 주지나 않을까 염려하고 계신 모양인데 내 생각에는 기우에 불과한 것 같습니다. 조직적 범죄가 한국이나 일본이라고 없는 것이 아닙니다. 물론 땅이 크고 물자가 풍성한 나라가 자연 범죄규모도 크고 더 대담스러울 뿐이지 조직적 범죄가 결코 미국의 독점물은 아닙니다.

공자 왈 맹자 왈 하는 우리 전통에서는 반대자나 적수를 해치우는 데 있어 칼끝보다 더 날카롭고 독사의 이빨보다 더 독

죽는 날까지 이 걸음으로

기가 서린 혀끝이 나불나불하여, 이른바 중상모략을 가지고 상대방을 쥐도 새도 모르게 못 살게 만들어버리지만, 바이킹의 후손, 호킨스, 드레이크 같은 해적들의 후예들은 선전포고하고 맞붙고 총질하며 용감하게 상대방에게 도전합니다.

동서 간에는 그런 기질의 차이가 뚜렷하게 있습니다. 우리의 젊은이들이 반대자를 처치하는 방법을 익힘에 있어 재래적인 음성적 수법 이외에 다른 수법도 있다는 사실을 알아두기 위해서라도 영화 〈대부〉의 상영을 금지하지 않아야 한다고 믿습니다.

나는 니체처럼 힘에 환장한 사람은 아니지만 힘이란 무척 아름다운 것이라고 확실하게 믿고 있 사람입니다. 권력은 힘입니다. 그 힘은 아름다운 것입니다. 영국 역사에서 올리버 크롬웰이라는 용감한 사나이가 부정부패의 장본인인 영국왕 찰스 1세의 목을 자른 것은 과연 통쾌한 일이었습니다.

물론 크롬웰 자신이 칼을 뽑아 왕의 목을 베어버린 것이 아니고 법의 절차를 밟아 재판정의 판결을 가지고 처형한 것이지만 거기에는 청교도 크롬웰의 의지가 뚜렷하게 반영되어 있었습니다.

크롬웰은 찰스 같은 썩은 인간이 왕위에 있다면 영국 국민이 정직하게 살 수가 없다고 믿었기에 그를 죽였습니다. 힘은 과연 아름다운 것입니다. 그 사실이야 어떻게 평가하든 좌우간 영국은 그 후 3백여 년 동안 한 번도 피 흘리는 혁명을 겪지 않았습니다. 금력도 힘인 이상 아름답지 않을 수 없으며 돈을 가지고 불가능한 일들을 척척 해치우는 친구들을 볼 때 과연 멋있다고 느껴집니다.

완력도 또한 아름다운 것입니다. 예전에 미국 텔레비전에서 어느 유명한 역도선수가 자동차를 뒤에서 쳐드는 광경을 보고 감탄한 일이 있었습니다.

세계 헤비급 권투의 정상에 오른 조지 포맨의 주먹은 가장 신나는 피조물의 하나로 상대방을 1회 2분 만에 쓰러뜨리는 그 힘에 박수를 보내지 않을 사람이 몇 명이나 될까? 구약성서의 삼손이라는 장사가 많은 남녀에게 아직도 매력 있는 존재가 되는 것도 그가 나귀의 턱뼈 하나를 들고 원수인 블레셋 사람 3천 명을 단숨에 때려눕힐 만한 큰 힘을 지녔기 때문입니다. 마피아 폭력에도 아름다움이 있다는 내 말에 대해서 오해가 없기를 바랍니다. 미국 사회에 뿌리 깊은 조직범죄를 두둔하는 입장에서 하는 말이 아닙니다.

폭력도 때로는 아름답게 보일 때가 있습니다. 인간의 오만, 불손, 부정, 부패를 때로는 폭력으로라도 정리하는 것이

죽는 날까지 이 걸음으로

법의 심판이 공정하기만을 고대하고 세월만 허송하는 것보다 바람직할 때도 있는 것이기 때문입니다. 그러나 인간과 인간 사이의 불의를 바로잡기 위해서 행사되는 사소한 폭력만이 정당화되는 것은 아닙니다. 혁명도 하나의 권력으로 자리 잡기까지는 폭력으로 간주하는 수밖에 없는 것이죠.

또한 권력의 횡포를 막기 위한 폭력도 왕왕 역사가들에 의하여 정당화되어 왔습니다. 이런 의미에서 폭력은 무척 아름다운 것이지만 폭력이 모두 아름다운 것만은 아닙니다. 폭력은 끝없이 괴로운 인간의 특권인 동시에 폭력은 도야하지 못한 원시적 감정의 폭발 없이는 나타나지 못하는 것입니다.

사람의 원시적 감정의 폭발은 언제나 뒷감당이 어렵기 때문에 결국은 새롭고 더 큰 폭력으로 대항하게 됩니다. 이 현상은 헤겔이나 마르크스의 변증법을 가지고는 설명할 수 없는 것이죠. 정반합正反合 중에서 합은 없고 정과 반만 있기에 조금도 휴식이 없고 장총에는 기관총으로 맞서고 기관총에는 대포로 맞서는 것이 상식입니다.

"눈은 눈으로 이는 이로 갚는 것"이 아니라 눈알을 뺀 놈에게서는 눈과 코를 도려내야 하고 이를 부러뜨린 놈에게는 이만 아니라 혀도 끊어내야 하니 그 결과는 뻔합니다.

늙은 대부 브란도의 고민은 맏아들이 반대파의 총에 맞아 쓰러진 사실보다도 제2차 세계대전에 나가서 무공을 세우고 돌아와 다트머스대학에 다니는 막내아들 마이클이 코르레오네의 마피아단을 인계하여 그 두목이 될 수밖에 없는 불가피한 운명에 더욱 큰 괴로움을 느끼는 것 같았습니다. 한편 기쁘고 한편 괴로운 것이 은퇴하는 늙은 두목의 심정이었으리라.

아버지 돈 코르레오네는 아들 마이클에게 가느다란 목소리로 자기의 심정을 이렇게 말합니다. "나는 네가 이런 일에 관계하지 않게 되기를 내심 바라고 있었다. 나는 네가 상원의원이나 주지사가 되기를 은근히 원하고 있었는데……"

아버지는 말꼬리를 흐리면서 괴로운 표정을 지면서 말했습니다.

미국은 전통적으로 폭력을 이용하면서 성장하고 발전한 나라입니다. 백인들이 처음 그 넓은 땅에 발을 들여놓았을 때 우선 아메리카 원주민들을 상대로 폭력을 행사할 수밖에 없었고, 그러한 생리는 아직도 미국사람 개개인의 의식구조를 강하게 지배하고 있는 중입니다.

그 많은 명사가 총에 맞아 목숨을 잃었음에도 불구하고 미국의회가 총기 단속에 관한 보다 철저한 법안을 통과시키지 못하고 있는 것이 단순히 총기 제조업자들의 광범위한 로비 작전 때문만은 아니라고 봅니다. 미국 국민이 본시 자기방어라는 명목 아래 총을 지니고 싶어 하지만 총은 아무래도 폭력을 상징하는 것이 아니겠는가? 생각됩니다.

60년대에 절정에 이르렀던 흑인 해방운동만 보아도 얼마나 조직적으로 작용하고 있는지를 알 수가 있습니다. 소위 '검은 표범'이라는 호인의 혁명단체는 경찰과의 수차에 걸친 총격전으로 지도자 대부분을 잃어버렸습니다.

조직된 폭력과 폭력이 대립하여 계속 피를 흘렸습니다. 미국 사회에서 폭력을 부정하는 사람은 어느 강력한 집단에서도 두목이 되기 어렵습니다. 코르레오네의 마피아단에서도 폭력 행사를 꺼리는 고문 톰 헤이건은 그 집단의 두목이 필 자질을 갖추지 못한 것입니다. 누이동생의 아들이 대부가 되는 엄숙한 의식을 성당에서 마치고 돌아오는 그 길로 배신한 일이 있는 동생의 남편을 깨끗하게 처치하고 눈 하나 깜짝 아니하는 돈 코르레오네의 막내아들 마이클이 그 집단의 두목이 되었습니다.

그러나 역사적으로 살펴볼 때 미국의 조직된 범죄는 상당한 진화 과정을 거쳤다고 생각합니다. 발달한 사회와 미개한 사회의 차이는 폭력이 존재하느냐 않느냐에 있는 것이 아니라 누가 그 폭력을 행사하느냐에 있는 것입니다.

개명한 나라에서는 폭력이 프랭크 시나트라를 유명하게 만들고 리노와 라스베이거스의 도박장을 독점합니다. 그러나 정권은 폭력을 기피할 수밖에 없으며 만약 정권이 폭력의 재미를 보려고 들다가는 워터게이트 사건에 휘말린 닉슨처럼 비참하게 되고 맙니다. 그것이 민주주의의 자랑이기도 합니다.

반면 야만스러운 나라일수록 권력이 폭력을 전용하면서 권력만이 폭력을 독점하고 국민은 항상 전전긍긍하며 살아야 합니다. 국민은 마피아를 두려워하지 않고 권력을 두려워합니다. 그런 나라에서 마피아는 권력을 위해서만 존재하고 있습니다.

동서고금을 막론하고 폭력의 고민은 오직 하나뿐, "칼을 쓰는 자는 칼로 망하리라"라고 한 성서에 따른 예언, 그것이 유명한 영화 대부에도 적용되었습니다.

하늘이 무섭지 않나

"나는 정직한 세상에서 정직하게 살고 싶다."
그것이 비단 나만의 소원이 아니라
우리 온 겨레의 한결같은 소원이라고 나는 확신한다.

　사람은 불안과 공포심을 갖고 살고 있습니다. 인간이 종교를 가지게 된 것도 이것에서 벗어나 마음의 평화를 얻으려는 것도 사실입니다. 원시인의 눈에는 산이 무섭고 불이 무섭고 물이 무서웠을 것입니다. 우리의 선조가 (아담이건 이브이건) 철이 들고 나서 첫날밤이 얼마나 무서웠을까요?

　사람이 지구상에 나타난 것이 적어도 50만 년은 되었으리라고 하며 오늘날 명동의 거리를 활보하는 남녀의 화려한 옷차림에 감춘 그만한 수준의 몸으로 기나긴 진화의 과정에 매듭을 지은 지도 어언 3만 년은 되었으리라고 하는데 아직도 밤을 두려워하는 우리가 아니겠습니까! 산이 무너지고 땅이 갈라지는 것도 무서웠겠지만, 하늘의 조화나 변덕은 공포심을 자아내기에 알맞았으리라. 비바람, 눈보라, 천둥과 벼락. 그럴 때마다 우리 조상은 무릎 꿇고 두 손 모아 "하늘이시여 노여움을 거두어 주십시오."를 빌었을 것입니다.

언제부터 우리는 하늘이 인간의 도덕적 생활과 밀접한 관련이 있다고 믿게 되었는지 알 수 없는 노릇이지만 천재지변이 다 사람의 도덕적 과오를 징계하려는 하늘의 뜻으로 새겨져 있을 것입니다.

벼락 맞아 죽은 사람치고 이웃 인심 얻고 의롭게 살던 사람은 하나도 없었는지 모릅니다. 아니 누구나 다 잘못한 일이 있으니 그렇게들 생각하고 있을 것입니다. 산사태가 나서 마을 하나가 몽땅 흙 속에 파묻혔는데 하늘이 그 마을 사람들의 죄악을 벌하는 것이라고 믿지 않을 도리도 없었을 것입니다.

그러나 뉴턴이 만유인력의 법칙을 발견함으로 우주를 하나의 기계로 보게 되고 삼라만상을 다 수학적으로 풀이할 수 있다는 확신이 생기면서부터 인간은 점차 하늘에 대한 공포심에서 풀려나기 시작했습니다.

이러한 과학적 전제하에 세계관을 설정한 18세기의 계몽주의자들이 우주라는 거대한 기계를 설계하고 조립하고 가동한 신의 존재는 시인하였으나 그 절대자가 결코 사람의 일에 간섭하지 않는다는 '새 사실'을 발견한 이후 '하늘이 무섭다'는 관념은 점차 우리에게서 멀어지게 되었는지도 모릅니다.

그러나 "하늘이 무섭지 않다"는 이 현상이 반드시 바람직한 것은 아닙니다. 하늘이 무섭지 않아도 좋을 만한 높은 가치관이나 도덕적 기준을 확립함이 없이 하늘도 무섭지 않다고 버티는 것은 위험천만입니다. 그렇게 되어서는 도저히 사람과 사람의 관계를 바로잡지 못하죠. 인간이 스스로 불행을 자초하는 결과밖에 되지 않기 때문입니다.

하늘이 무섭지 않다면 그 눈에는 자기 이외의 사람이 다 한심하게만 보이고 사람이 만들었다는 법도 우습게만 생각될 것 아니겠습니까! 그렇게 된다면 한 인간이 도달하는 최악의 지경일 것이라고 믿는 바입니다.

무슨 공사 무슨 협회 무슨 은행하며 국가가 좋은 기관을 만들어 주면 그 기관을 본래의 목적대로 살릴 생각은 아니하고 둘러앉아 뜯어먹기만 하는 자들도 하늘이 무섭지 않아서 감히 그런 짓을 하는 것이고 학교를 세웠지만 교육의 뜻은 조금도 없이 매일 돈벌이할 궁리만 하면서 큰 집 짓고 떵떵거리며 고급 승용차나 타고 다니는 그 자들은 하늘이 조금도 무섭지 않기 때문 아니겠습니까?

'간이 부었다' '양심에 털이 났다' 하는 말이 대담하여 겁 없이 '오직 감행'하는 용사들에게 주어지는 영광스러운 찬사인가 아니면 하늘을 무서워할 줄 모르는 나쁜 놈들이라는 욕설인가?

"나는 정직한 세상에서 정직하게 살고 싶다." 그것이 비단 나만의 소원이 아니라 우리 온 겨레의 한결같은 소원이라고 나는 확신합니다.

"나부터 먼저 정직하자. 내가 철저하게 정직하지 못하다는 사실을 나 스스로 시인하자." 부르짖을 수 있는 것은, 그렇게 외치지 못할 정도로 내가 부정직하지는 않다고 믿기 때문입니다. 어떤 이는 "당신은 부정부패할 기회가 없어서 그 정도 깨끗한 것이지 기회만 있어 보시오. 아마 나보다 더할 거요" 말 할 테지만, 그런 비방의 가능성을 시인하면서도 기회가 없어서 하지 못했건, 뜻이 있어서 하지 않았건 부정부패를 모르는 사람의 한사람으로서 잠잠해서는 안 될 일이 아닌가? 합니다.

하늘이 무섭던 시대로라도 돌아갈 수 있었으면 합니다. 그래도 최후의 심판을 믿고 천국과 지옥의 갈래에서 양심의 갈등을 느끼던 그 시대가 얼마나 더 지금보다는 양심적이었는가. 문제는 양심에 달린 것입니다. 그래도 우리 사회가 이만큼이라도 유지되는 것은 남몰래 양심을 지켜가며 고독한 싸움을 계속하는 사람들이 이 사회 어느 구석에 더러는 있기 때문입니다.

하늘을 무서워한다는 말은 양심의 명령을 두려워한다는 말입니다. 양심을 빼면 무엇이 남는가, 루터가 보름스 제국 회의에 불려가 증언을 마치고 나서 그의 주장을 철회하라는 법왕청 당국자의 간곡한 요청을 거절하면서 "사람이 양심의 명령에 위배되는 행동을 하는 것은 안전하지도 않고 정직하지도 않다"고 잘라 말한 사실은 참으로 의미심장합니다.

그때 루터가 양심을 내세우지 않았다면, 하늘을 무서워하지 않았다면, 서구사회의 근세사는 아직도 법왕의 고린내 나는 발등에 얼굴을 파묻고 흐느껴 울고만 있었을지도 모릅니다. 역사는 양심을 가진 사람들에 의해서 바로 잡힐 수밖에 없는 것입니다.

하늘을 무서워한다는 말은 민중을 무서워한다는 말이요. 백성이 곧 하늘이라는 우리의 전통적 관념으로 돌아가더라도 하늘을 무서워하지 않고서는 올바른 정치를 하지 못합니다.

하늘이 따로 있나? 백성이 하늘이지. 하늘이 무섭지 않다는 사람은 곧 민중이 무섭지 않다는 사람인데 그렇게 생각해서 일이 제대로 되겠습니까?

초등학교 5학년 때 나와 함께 학예회에 나가서 같이 손잡고 연극을 하던 그 소녀는 지금쯤 무얼 하고 있을까? 6·25 전쟁 중에 목숨을 잃지 않았다면 아마 어느 공산당원의 아내가 되어 아들딸을 거느리고 살고 있겠지? 혹시 이제는 손자를 보아 할머니가 되었을지도 모른다. 머리가 파뿌리처럼 희어져 다시 만나면 피차에 얼마나 거북하고 어색할까? 그래도 살아서 다시 만나보고 싶소.

PART 7

아!
고향에 가고 싶다

4·19와 나의 제자를 기리며

4월이 오면 나는 죽음을 생각한다.
내 주름진 얼굴을 저만큼 두고 바라다보면서 빙그레 웃어본다.
나에게도 휴식하는 날이 있어야지.
최형! 4월이 오면 우리들의 젊은 날이 다시 그리워지는구려.

4월이 다가옵니다.

최형, 4월이 되면 수유리 4·19 기념탑에 새겨진 그 글이 되새겨집니다.

해마다 4월이 오면

접동새 울음 속에

그들의 피묻은 혼의

하소연이 들릴 것이요

해마다 4월이 오면

봄을 선구하는 진달래처럼

민족의 꽃들은

죽는 날까지 이 걸음으로

사람들의 가슴마다에

되살아 피어나리라

그 기념탑 뒤에 줄줄이 묻혀 있는 1백 85위의 젊은 목숨들! 그 가운데는 내가 젊어서 가르치던 학생들도 둘이나 잠들어 있답니다.

최정규는 연세대 의예과에 다니고 있었지요. 헌칠한 키에 귀공자 같은 느낌이었습니다. 말이 없고 착하고 순하고 나무랄 데 없는 모범생이었지요. 살아있으면 지금쯤 미국서 전문의 시험도 패스하여 당당히 개업하고 샌프란시스코 근방에 살고 있을지도 모르지요.

혹시 내가 이 지역에 강연 왔다는 소문을 듣고 저녁이라도 한 끼 대접하겠다고 연락을 했을지도 모릅니다. 듬직하고 의 젓한 아내, 잘생긴 아들, 예쁜 딸, 최정규는 행복한 가장으로 믿음직한 중년이 되었을 것입니다.

그러나, 경무대를 지키던 경찰이 정신없이 후려갈긴 총탄 한 알을 맞고, 아, 그 아름다운 젊은이는 땅에 쓰러져 다시는 일어나질 못했습니다. 의사시험을 볼 기회도 미국에서 인턴·레지던트 할 기회도, 애인의 손목을 잡고 캘리포니아 꽃그늘을 산책할 기회도, 사랑을 속삭일 기회도, 다 잃어버리고 그는 무심한 듯 수유리 그 언덕에 고이 잠들어 있습니다.

최형, 나이 때문인지는 모르겠으나 이런 생각을 하면 요새
는 저절로 눈시울이 뜨거워집니다. 시인 엘리엇의 노래처럼
'4월은 가장 잔인한 달'인지도 모르겠습니다.

'이렇게 왔다 이렇게 가는 것'이 인생이라고 읊은 셰익스피
어의 말을 되풀이하면서도, 그리고 이제 나에게 남은 일은
'가는 일'뿐임을 분명히 알면서도 나는 왜 아직 사람 구실을
못 하고 이러고 있는지 스스로 한심한 느낌이 듭니다.

떠날 준비! 그렇습니다. 나는 떠날 준비를 해야 합니다.

그렇게 생각하면 하루 24시간이 그렇게 소중한 시간인데,
얼큰히 취한 사람처럼, 꿈속에서 헤매는 사람처럼, 덧없이
이 귀한 시간을 낭비하고 있다는 죄책감에서 벗어나기 어렵
습니다. 먹을 것도 입을 것도 이젠 차차 줄여야 하겠습니다.
가진 것도 이제부터는 하나씩 둘씩 뒤에 오는 사람들에게 나
누어 주면서, 그날을 기다려야 하겠습니다.

4월이 오면 나도 죽음을 생각합니다.

자신의 주름진 얼굴을 저만큼 두고 바라다보면서 빙그레
웃어봅니다. 나에게도 휴식하는 날이 있어야지요.

최형, 4월이 오면 우리들의 젊은 날이 다시 그리워집니다.

죽는 날까지 이 걸음으로

아아, 죽는 멋이여!

인생은 한번 죽게 마련이라 하지만 죽지 않으려고 아등바등하는 것은
보기에 민망하고 생각하기에도 안쓰러운 일이다.
바로 그것이 우리 삶의 실상이 아닌가?
사는 멋이 곧 죽는 멋이고, 죽는 멋이 곧 사는 멋이라고 믿는다.

정말 멋있는 사람은 죽음의 자리에서도 태연한 사람이 아
닐까? 남들은 목숨만이라도 살려 달라고 손이 발이 되도록
비는 게 보통인데, 그 자리에 떳떳하게 서는 사람은 진실로
멋을 아는 사람이라 하겠습니다. 일자리에서 쫓겨나는 것과
등과 허리에 피가 흐르도록 매를 맞는 것쯤은 참으며 견딜
수도 있습니다.

그러나 '당장에 목을 베어 죽여 버리겠다.' 하는 데도 눈 하
나 깜짝 않고 얼굴빛 한번 변하지 않을 사람이 수십억 중생
가운데 몇이나 될 것인가! 사형 선고를 받고 빙그레 웃으며
재판장을 바라보는 확신범이 있는 것도 사실입니다.

스스로 믿는 바이기 때문에 국법을 어기고 아득한 죽음의

길을 떠나면서도 끝까지 떳떳하고 흔들리지 않는 사람이 있는가 하면, 조금 전까지도 큰소리치며 뻗대던 사람이 "사형!" 한 마디에 정신을 잃고 쓰러지는 때도 흔히 있습니다.

교도소 안의 사형수에게 사형이 집행 날짜를 알려주지 않는 것은 죽을 날을 알자마자 발광을 하는 사람이 너무도 많기 때문이라고 합니다. 아무래도 인생은 한번 죽게 마련이라 하지만 죽지 않으려고 아등바등하는 것은 보기에 민망하고 생각하기에도 안쓰러운 일입니다. 바로 그것이 우리 삶의 실상이 아닌가 합니다.

예로부터 오래 사는 것은 모든 사람의 가장 두드러진 소원이었죠. 삼복더위에 보신탕을 끓여 먹고 철 따라 인삼 녹용을 달여 들이켜는 것이 다 오래살기 위해 건강에 보탬이 되리라는 확신 때문입니다.

그러나 인생에는 예외가 있고 우리는 그 예외 때문에 살맛을 느끼는 것이 사실입니다. 물속에 가라앉는 부서진 배의 갑판 위에 서서 모든 승객의 목숨을 다 건져 놓고 이미 때가 늦어 그 배와 더불어 파도 속에 사라지는 선장의 장엄한 모습에서 삶의 멋을 느끼지 않을 사람이 누구겠습니까?

저마다 살겠다고 아우성치는데 다른 사람들에게 구조선을

사양하고 깨어진 배 위에 홀로 서서 죽음을 기다리는 사람의 그 어엿한 모습을 한번 상상해 보십시요. 그를 멋있는 사람이라고 아니할 사람이 있겠습니까?

1912년 4월 15일 새벽에 영국을 떠나 뉴욕으로 첫 항해를 하던 호화 여객선 타이타닉호가 뉴펀들랜드 근해에서 커다란 빙산에 부딪혀 침몰한 참사가 일어났던 그때 그 배에 탔던 사람은 2,224명이었는데 구조받지 못한 사람이 1,513명이나 되었다고 합니다. 그 절망의 시각에 누군가가 새라 애덤스가 지은 찬송가를 부르기 시작했다.

내 주를 가까이하려 함은
십자가 짐 같은 고생이나
내 일생 소원은 늘 찬송하면서
주께 더 나가기를 원합니다

그날 다행히 죽지 않고 살아난 711명도 지금쯤은 다 북망산에 갔을 것은 확실하죠. 인생이란 그런 것입니다. 어차피 가는 것을 노래라도 부르며 가면 훨씬 아름답고 멋이 있지 않겠느냐 말입니다.

백호라는 이름으로 일세에 문명을 떨쳤던 조선 선조 때의

임제는 그의 임종을 지켜보며 우는 식구들을 꾸짖으며 이렇
게 한 마디를 남겼다고 합니다.

슬퍼 마라 슬퍼 마라
나 죽는 것 슬퍼 마라
대장부가 태어났다
황제 소리 한번 못해
땅은 좁고 사람 없어
요런 꼴로 살다 가니
대성통곡 웬 말인가
웃으면서 보내다오

죽음의 자리에서 한바탕 내뿜은 그 호탕한 기상 속에 풍기
는 멋을 뉘라서 반기지 아니할까!

세종 때에 높은 벼슬자리에 올랐던 많은 신하가 고약한 방
법으로 임금 자리를 빼앗고 단종을 몰아낸 수양대군 세조 앞
에서 모두 굽실굽실하는 판에 '세상에, 이럴 수가 있느냐' 하
며 분한 생각으로 뜻을 같이하는 사람들을 모아 단종의 복위
를 꾀하려다가 거사 바로 직전에 들통이 나서 노량진 언덕에
한 줌 흙이 되어 버린 성삼문은 이미 죽음을 각오한 사람이
었습니다.

수양대군이 워낙 음흉한 사람이라 조카 단종에게서 왕위를 물려받는 형식만이라도 갖추고 싶어 어린 임금 앞에 머리를 조아리며 마치 왕관을 사양이나 하는 듯이 속임수를 쓰다가 마침내 손을 내밀어 국새를 받고자 하니 이를 가슴에 품고 엎드려 있던 예방 승지 성삼문이 울분을 참다못해 한바탕 소리 내어 울었다 합니다.

그랬더니 수양이 절을 그치고 고개를 들어 성삼문을 노려보았다는데 그는 그 시간부터 이미 죽은 목숨이었습니다.

그 분함을 가슴 깊이 간직한 채 두 해 동안 세조가 주는 녹을 더럽다 하여 먹지 않고 모두 창고에 처넣어 그가 거처하던 방에는 장식이라고는 전혀 없었고 오직 거적자리가 하나 깔려 있을 뿐이었다고 하니 죽음을 결심하지 않고서야 어찌 그렇게 살 수 있었겠는가? 말입니다.

우리가 다 한국의 그 얼을 이어받았으니 뉘라서 노량진 언덕을 바라보며 그냥 무심하게 지나칠 수 있겠습니까, 고문하는 자리에서 부젓가락으로 다리를 뚫고 배꼽을 쑤셔도 그대로 당당하던 성삼문이여, 사육신이여! 쇳조각을 달구어 자기 살을 지지는 놈에게, '식었구나, 다시 달구어 오너라'고 타이르듯 내뱉던 그 힘찬 혼의 아름다움을 떠올립니다.

부모 형제와 처자를 합하여 삼족을 멸하리라는 살기등등

한 찬바람 속에서 감히 목숨을 걸고 옳음을 드러내려고 한 그 조상들 덕에 오늘도 이 겨레가 살아 있는 게 확실합니다.

이 몸이 죽어서 무엇이 될꼬 하니
봉래산 제일봉의 낙락장송 되었다가
백설이 만건곤할 제 독야청청하리라

봉래산에서도 제일 높은 봉우리, 그 꼭대기에 어엿이 서는 소나무 한 그루가 되어 흰 눈이 온 세상을 뒤덮는 그 날에도 홀로 푸르게 버티고 서겠다던 그 기상 그대로 사육신은 죽었으나 여전히 살아서 지금도 이 민족의 혼을 가꾸어 주고 있습니다.

그 화려한 죽음에 견줄 만한 멋있는 삶을 어디서 찾아볼 수 있단 말입니까?

영국의 재상을 지닌 토머스 모어는 헨리 8세를 도와 그의 왕권을 확고히 다지는 일에 큰 공을 세웠지만, 왕이 본처인 캐서린을 버리고 미모의 궁녀 앤 볼레인과 혼인하려 하는 것을 법에 어긋나는 일이라 하여 한사코 반대했습니다.

그것이 계기가 되어 헨리 왕의 미움을 사기 시작한 모어는 드디어 반역죄를 뒤집어쓰고 단두대에 오르게 되었는데 높이 세운 단위로 올라가면서 그를 부축하는 간수에게, "내가 올라갈 때는 자네 신세를 지지만 내려올 때는 신세를 지지 않아도 될 것 일세" 하면서 엷은 미소를 지었다고 합니다.

그뿐인가요? 정작 칼 위에 목을 대니 희고 긴 수염이 칼날에 걸렸답니다. 이때 모어가 그 수염을 손으로 밀어 칼날 밖으로 내보내며 하는 말이 "수염이야 무슨 죄가 있나!" 안중근과 이완용을 한번 견주어 봅시다. 안중근은 서른을 갓 넘은 젊은 나이에 여순 감옥에서 "이로운 일을 보면 그 일이 옳은가 아닌가를 생각하고 위험한 일을 당하면 스스로 목숨을 바치노라"는 한마디를 남기고 표연히 가버렸습니다.

이완용은 나라를 팔아 그 공으로 일본 정부로부터 백작이라는 작위를 받았고 후에는 후작이 되었으며 중추원에서 고문의 자리에 앉는 따위의 갖는 영화를 한 몸에 누리면서 일흔을 바라보는 고령에 이르기까지 하늘이 준 수명을 다한 '복' 많은 사람이었습니다.

그러나 오늘날 두 사람의 이름이 주는 느낌에는 상당한 차이가 있습니다. '안중근' 이름 석 자는 이 나라 사람 누구나 가슴 시원하고 떳떳한 느낌을 주는 반면에 '이완용' 이름 석 자는 답답하고 괴로운 감정을 자아냅니다.

서예 솜씨로 한다면 안중근은 서투른 편이고 이완용은 명필이라고 할 만큼 뛰어났지만, 이 나라 사람치고 이완용의 글씨를 사랑방 벽에 걸어놓고 날마다 바라보고 싶어 하는 사람은 없습니다. 그러나 안중근 의사의 친필 한 폭을 가지고 싶어 하지 않는 한국 사람이 어디 있겠습니까?

그것이 멋있게 죽은 자와 멋없이 죽은 자의 다른 점입니다. 정말 멋있게 죽으면 죽어도 사는 그 이치가 매우 소중한 것입니다.

사는 멋이 곧 죽는 멋이고, 죽는 멋이 곧 사는 멋이라고 믿습니다.

죽는 날까지 이 걸음으로

내게도 꿈이

"나비야 청산 가자. 범나비 너도 가자. 가다가 저물거든
꽃에서나 자고 가자. 꽃에서 푸대접하거든 잎에서나 쉬고 가자"
내가 가진 오직 하나의 꿈. 세계에서 제일 정직한 국민이 사는 나라 한국!
그렇게 되는 날이 꼭 올 것이다.

사람은 누구나 원하는 것과 바라는 것이 있기 마련입니다. 사람이 짐승이 아닌 이상 제각기 희망과 기대와 포부가 있어야 마땅하다고 믿습니다. 큰돈을 벌어서 자기가 하고 싶은 일을 한번 마음껏 해 보았으면 하는 것은 매우 훌륭한 야망이라고 생각합니다.

돈이 없어 하고 싶은 일을 못 하는 경우가 얼마나 많습니까? 큰 집 짓고 옷 잘 입고, 잘 먹고 싶은 욕심이야 하잘것없는 욕심이니 이루어지나 마나 상관할 바 아니겠지만, 학교를 세워 후진을 양성하고 교회를 지어 심령을 위로하고 불우한 아이들을 돌보는 일에는 돈이 꼭 있어야 할 것이 분명합니다.

"대통령 하고 싶은 사람 손들어 봐" 하면 아마도 제대로 생긴 머리 하나씩 어깨 위에 얹은 사람치고 그 꿈 안 가진 인생을 찾아보기 어려울 것입니다.

이렇듯 높은 자리에 앉아 큰일 해 보겠다는 사람을 나무랄 수는 없는 노릇이죠.

한편, 재물과 명예를 멀리하고 심산유곡에 초가삼간을 짓고 화조월석花朝月夕으로 세월을 보내고자 하는 풍류객도 없지는 않을 것입니다.

"나비야 청산 가자. 범나비 너도 가자. 가다가 저물거든 꽃에서나 자고 가자. 꽃에서 푸대접하거든 잎에서나 쉬고 가자" 노래한 이도 청산에 살기를 바랐으니 탈속한 그 또한 도사임이 분명합니다.

나의 꿈은 돈과 감투, 그런 것이 아닙니다.

'산 절로 수 절로 산수 간에 나도 절로' 살다 그렇게 가는 것도 아닙니다.

내 꿈은 이 땅의 이 백성을 한번 정직한 인간들로 만들어 보고 싶은 그 일입니다. 우리나라에 천연자원이 풍성한 것도 아니고 수재나 천재가 속출하는 그런 나라도 아니지만, 한국은 매우 정직한 사람들이 모여 사는 믿을만한 나라라는 그런

평을 남들이 할 수 있게 하는 것이 내가 가진 오직 하나의 꿈입니다.

　세계에서 제일 정직한 국민이 사는 나라 한국!, 그렇게 되는 날이 백 년 뒤에라도 꼭 올 것이라는 것을 나는 믿습니다.

　남을 정직하게 만들려면 내가 먼저 정직해야 할 터인데 그렇게 되지가 않아서 마음이 늘 괴롭습니다. 나는 정직하지 못한 사람이지만 정직하게 되려고 힘쓰고 있는 것만은 확실합니다. 내가 품은 꿈은 바로 그런 영원한 꿈이기에 눈감는 그날까지 이 길을 가렵니다.

한마디 하는 까닭

인류의 역사에는 방향이 있다.
그 방향이 젊어서는 희미하게만 보였지만
나이가 든 지금에는 뚜렷하게 보인다.
그 확신이 생겼기 때문에 40세 되던 때부터 이야기를 시작했고
지금까지도 계속 중이다.

내가 역사에 뜻을 둔 지 70년도 더 된 것 같습니다. 이 학문의 분야가 하도 넓어서 역사를 공부했다고 말하기조차 부끄러울 때가 많이 있었습니다. 강의하다가도, '네가 무얼 안다고?' 하며 나 자신을 향해 질문을 던지면서 속으로 쓴웃음을 짓는 경우가 한 두 번이 아니었습니다.

그래서 나는 역사가 본업이 아니라고 말하고 싶은 적도 있었죠. 만일 누가 '그렇다면 당신의 본업은?' 하고 재차 묻는다면 그 물음에 당장 대답할 말도 없을 것 같습니다.

그러나 내가 그동안 역사를 공부해서 얻은 결론 하나가 있는 것만은 확실하다고 말할 수 있죠. 다름 아니라 인류의 역

사에는 방향이 있다는 것 때문입니다. 그 방향이 젊어서는 희미하게만 보였지만 나이가 든 지금에는 어지간히 뚜렷하게 보인다는 것이죠. 그 확신이 생겼기 때문에 나는 한 40세 되던 때부터 일어나 내 이야기를 시작했던 것이고 지금까지도 계속하고 있는 중입니다. 인류가 출발 당시부터 지금까지 줄곧 자유와 평등을 향해 행진을 거듭하고 있다고 말하고 있는 중입니다.

내가 그렇게 말하면 "그렇지 않다"고 반론을 펼 사람도 많이 있을 줄 압니다. 근세사의 참혹한 사례들, 이전보다 더 질적으로는 저하된 삶의 숨 막히는 상황들을 들고 나와서, "이래도 역사는 자유와 평등을 향한 행진이라고 하겠소?" 하며 대드는 사람들도 없지는 않을 것입니다.

그럴 때 나는 이렇게 대답할 것입니다. "그것은 일시적 현상이지 역사의 항구적 방향은 아니지 않소? 일시적 현상과 항구적 방향을 혼동하는 건 잘못이지요!" 그래도 못 알아들으면 나는 하는 수 없이 입을 다물고 말 것입니다.

자연의 법칙을 어기고 순리를 무시해서 되는 일이 세상에 하나도 없습니다. 힘에는 한계가 있고 억지에도 분수가 있는 법이지만 힘으로 되는 일이 있고 힘으로도 안 되는 일이 있는 겁니다.

"하면 된다"는 철학이 언뜻 듣기에는 매우 박력 있고 그럴싸한 것 같아도 세월이 흐르면 허무한 구호에 지나지 않았음이 밝혀질 것이니까요.

아무 일이나 하면 되는 게 아니라 해야 할 일, 할 만한 일을, 최선을 다하여 정성껏 하면 되는 법이니 하다 안 되더라도 낙심하지 말라는 격려의 말을 악용하지는 말아야 합니다.

공자는 그 시대를 바로잡아 보려고 애를 썼지만 뜻대로 되지 않아 결국은 물러나 제자들을 가르치는 알에 열중하여 미래에 투자를 한 셈입니다. 소크라테스도 정의와 진리를 가르치려다 '청년들을 선동하는 자'라는 죄목으로 사형을 당하고 말았습니다.

과대망상증에 걸렸던 나폴레옹이 "내 사전에는 불가능이란 단어가 없다"고 큰소리쳤다지만 그의 사전에도 불가능이란 단어가 분명히 있었던 겁니다.

결국 그는 외로운 섬에서 외롭게 죽고 말았습니다.

주제넘은 생각은 버리자.
아!, 오늘이 또다시 5월 16일 이기에!

아! 고향에 가고 싶다

초등 5학년 때, 같이 손잡고 연극을 하던 그 소녀는
지금쯤 무얼 하고 있을까? 머리가 파뿌리처럼 희어져 다시 만나면
피차에 얼마나 거북하고 어색할까? 내 꼴이 어떻게 되건
나는 내 땅의 한 모퉁이를 지키고 살다가, 내 생전 남북통일이 되면
다시 고향 땅을 밟고 싶다. 을밀대에 앉아 대동강 굽어보며,
능라도 버들 사이 봄빛을 즐기고 싶노라.

왕검성에 달이 뜨면

옛날이 그리워라

영명사 우는 종은

무상을 말하노라

흥망성쇠 그지없다

낙랑의 옛 자취

만고풍상(萬古風霜) 비바람에

사라져 버렸네

패수야 푸른 물에

이천 년 꿈이 자고

용악산 봉화 불도

꺼진 지 오래네

능라도 버들 사이

정든 자취 간 곳 없고

금수산 오르나니

흰옷도 드물어라

우뚝 솟은 모란봉도

옛 모양 아니어든

흐르는 백운탄이라

옛 태돈들 있으랴

단군전에 두견새 울고

기자 묘에 밤비 오면

옛날도 그리워라

추억도 쓰리려니

일제 강점기에 누군가가 내게 이 노래를 가르쳐 주었다. 홍안의 소년이던 나는 이 노래에 서린 말 못 할 서러움을 다 이해하지는 못하였지만, 내 조국이 따로 있고 또 그 조국의 운명이 곧 내 운명이라는 막연한 생각을 가지기 시작하였다오.

망향의 계절이 봄이려가?, 봄이 오면 고향에 가고 싶은 마음이 더욱 간절해지련만, 나는 평양에서 일제하에 중학을 마치고 영유라는 시골에 은신하고 있다가 거기서 해방을 맞았다오. 그 기쁨을 안고 다시 평양에 나와 광복한 조국을 위해 무슨 일을 하고 싶었지만 그놈의 공산당 때문에 무슨 일은커녕, 내 목숨을 유지하기도 어렵다는 사실을 깨닫고는 조그마한 보따리 하나를 꾸려 삼팔선을 넘었지요.

그것이 이미 70년이 흐른 아득한 옛일이라! 어쩌면 세월의 흐름이 이다지도 빠르더냐? 그때 20을 향하던 젊음이 이제 미수(米壽)를 넘어 백수(白壽)를 바라보게 되었으니! 8·15의 감격, 그 후의 혼란, 6·25, 4·19, 5·16 등 걷잡을 수 없는 역사의 소용돌이 속에서 일일이 흥분하다 보니 공연히 나이만 먹었네. 내게는 생의 슬픔과 기쁨을 함께할 아내도 없고, 노후를 의탁할 자녀도 갖지 못했구려. 저 하늘가의 구름 한 조각처럼 나는 왔다가 가는 것뿐이라네.

영국 시인 존 키츠의 묘비에 새겨진 대로, 나도 물 위에 내 이름 석 자를 적어놓고 가는 것에 불과하리라.
세월은 흐르고 백발이 되었어도 고향을 그리는 마음은 변함이 없으련만, 불혹의 나이 때 중앙정보부에 가서, 김일성이 주연하는 제5차 노동당대회 기록영화를 보면서도 총, 칼, 대포, 탱크에는 관심이 없었고 오히려 거기 등장하는 인물들

가운데 혹시 내가 아는 얼굴이 있지 아니한가 유심히 찾아보았으며 전당대회를 하는 그 건물이나 내부시설보다도 건물이 자리 잡은 언덕에 더 큰 관심을 가질 수밖에 없었다오.

내가 다니던 중학교가 바로 그 만수대萬壽臺에 서 있었기 때문이요. 나는 공산주의자들을 다 싫어하지만 피는 물보다 진한 것이라 김일성을 모택동보다는 덜 싫어한다는 사실을 고백하지 아니할 수 없다오. 삿포로 동계올림픽에서 한반도의 빙상선수가 달릴 때, 민단이나 조총련이 같이 깃발을 흔들며 응원하였다는 신문 보도를 보고 어쩐지 눈시울이 뜨거워졌다오.

역시 민족은 하나. 정치가 이것을 갈라놓고 적개심을 자극하여 서로 미워하게 하는 것. 민중과 민중은 피차에 미워할 아무런 근거도 없는 법!.

이 기름진 땅 대한민국에 민주주의를 심어 보려고 내 딴에는 말도 하고 글도 쓰지만, 정치를 한다는 사람들은 달갑게 생각하지 않을 뿐 아니라 오히려 귀찮게 여기는 것 같았소. 자유 사회의 독버섯 같은 부정부패를 과감히 제거하고 국민 총화를 이룩하자고 목이 메어 떠드는 것을 너무 괄시할 까닭이 없지 않은가?

고향을 버리고 온 내가 여기서도 용납이 안 된다면 나는 이제 어디로 가야 하나. 미국에 와서 학교 선생 노릇이나 하는 것이 어떠냐고 권하는 친구들도 없지 않지만, 그러고 싶은 생각은 꿈에도 없었네.

내 꼴이 어떻게 되건 나는 내 땅의 한 모퉁이를 지키고 살다가, 내 생전에 남북이 통일되면 다시 고향 땅을 밟고 싶다. 을밀대에 앉아 대동강 굽어보며, 능라도 버들 사이 봄빛을 즐기고 싶노라.

초등학교 5학년 때 나와 함께 학예회에 나가서 같이 손잡고 연극을 하던 그 소녀는 지금쯤 무얼 하고 있을까? 6·25 전쟁 중에 목숨을 잃지 않았다면 아마 어느 공산당원의 아내가 되어 아들딸을 거느리고 살고 있겠지? 혹시 이제는 손자를 보아 할머니가 되었을지도 모른다. 머리가 파뿌리처럼 희어져 다시 만나면 피차에 얼마나 거북하고 어색할까? 그래도 살아서 다시 만나보고 싶소.

시인 엘리엇은 4월이 가장 잔인한 달이라고 하였거니와, 4월은 나뭇가지에서 소쩍새가 울기 시작하는 달이기도 하니 봄의 애상은 한층 더 처절합니다. 일지춘심—枝春心을 자규子規야 알랴마는 다정多情도 병病인양 하여 잠못들어 하노라

단군 전에 두견새 울고

기자묘에 밤비 오면

옛날도 그리워라 추억도 쓰립니다.

단군 전에는 두견이 울고

기자묘에는 밤비가 올 것이다.

아, 고향에 가고 싶다.

−이범석 묘비 김동길 글 중에서−

죽는 날까지 이 걸음으로